La collection « Ado » est dirigée
par Claude Bolduc et Michel Lavoie

La naissance de Marilou

L'auteur

Après avoir écrit pour le téléroman *Watatatow* durant huit ans, Richard Blaimert vient d'amorcer une collaboration sur la série télé *Diva*. En 1998, il remportait le prix Cécile-Gagnon pour son roman *La Liberté des loups.*

Du même auteur

La Liberté des loups, roman jeunesse, Hull, Vents d'Ouest, 1998.

Site web de l'auteur

http://pages.infinit.net/blaimert/

ROMAN ADO | DRAME

Richard Blaimert

La naissance de Marilou

Données de catalogage avant publication (Canada)

Blaimert, Richard, 1964-
La naissance de Marilou

(Roman ado ; 26. Drame)

ISBN 2-89537-001-X

I. Titre. II. Collection: Roman ado; 26. III. Collection: Roman ado. Drame.

PS8553.L333N34 1999 jC843'.54 C99-941037-7
PS9553.L333N34 1999
PZ23.B52Na 1999

Nous remercions le Conseil des Arts du Canada de l'aide accordée à notre programme de publication. Nous reconnaissons l'aide financière du gouvernement du Canada par l'entremise du Programme d'Aide au Développement de l'Industrie de l'Édition (PADIÉ) pour nos activités d'édition. Nous remercions également la Société de développement des industries culturelles pour son appui.

Dépôt légal — Bibliothèque nationale du Québec, 1999
Bibliothèque nationale du Canada, 1999

Révision : Renée Labat

Éditions Vents d'Ouest inc.
185, rue Eddy
Hull (Québec)
J8X 2X2
Téléphone : (819) 770-6377
Télécopieur : (819) 770-0559

Diffusion Canada : Prologue
Téléphone : (450) 434-0306
Télécopieur : (450) 434-2627

Diffusion en France : DEQ
Téléphone : 01 43 54 49 02
Télécopieur : 01 43 54 39 15

Je tiens à remercier :

Le Conseil des Arts du Canada
dont l'aide financière m'a été précieuse.

Pierre Samson pour son amitié
et sa judicieuse critique.

David Kerr pour son support et sa patience.

Sara Tremblay
à qui je dédie ce livre

Chapitre premier

J'AI BEAU hisser tous les drapeaux blancs dans le ciel, multiplier les incantations aux Dieux de l'univers, conjuguer le verbe guérir à tous les temps de l'indicatif, le répéter jusqu'à l'épuisement de ma mémoire, rien n'empêchera ma mère de mourir. Dans quelques semaines, Linda ne respirera plus, ses paupières cesseront de battre, sa peau deviendra livide comme celle d'un vampire en manque de sang. Et, tel un papillon s'extirpant de son cocon, elle voltigera une dernière fois avant de brûler ses ailes contre le soleil.

Je divague à peine. La vérité, c'est qu'au jour fatidique on étendra son corps sur un lit de satin blanc. On lui rendra un dernier hommage à l'église avant de l'ensevelir à des mètres sous terre. Sans mentionner les vers goulus se frayant un chemin à l'intérieur du cercueil.

C'est morbide, mais ce sont les images qui polluent mon esprit. C'est comme la guerre : bruyant, violent, infernal. Dans le ciel de mon imagination, les rafales de mitraillettes dessinent des feux d'artifice en forme de monstres. Les rues sont de sable mouvant, les champs minés et la rivière infestée de crocodiles n'attendant qu'une maladresse pour dévorer leurs proies. Si seulement je pouvais cristalliser le temps.

En octobre dernier, l'entretien avec l'oncologiste laissait pourtant présager une tout autre fin. Celle-là plus proche du conte de fées que de ce cauchemar insupportable. J'ai supplié maman de me faire le récit de sa visite. Dans les moindres détails, ses moindres gestes. J'en avais besoin pour être au même diapason, comme si ça pouvait m'aider à comprendre et à croire que nous allions nous en sortir.

– Votre condition est sérieuse, madame Bergeron...

– Docteur Fréchette, j'ai déjà vu neiger. Pas de gants blancs, s'il vous plaît !

– Je ne vous cacherai pas que j'aurais préféré vous voir avant.

C'était sa faute, il l'affirmait : elle avait trop attendu. Dans le bureau, Linda lissa sa jupe noire comme si elle tentait de tenir cette vague de culpabilité à distance :

– C'est avancé ?

– Vous avez un cancer de grade trois. Il y en a quatre.

Linda avait attendu parce qu'elle avait vu les choses autrement. Elle avait espéré que cette petite bosse, cette microscopique bosse palpée sous son mamelon ne soit rien d'autre qu'un inoffensif amas de chair. Un point minuscule dans la galaxie de son corps. Elle avait souhaité sa disparition comme un adolescent implore les Rois de la dermatologie de dissoudre ses boutons d'acné. Ça ne s'était pas produit. La bosse ne s'était pas liquéfiée. Oui, elle avait trop attendu.

– Ça se traite ?

– Il faut d'abord extraire la tumeur. Ensuite, on attaque avec de la chimiothérapie et sans doute de la radiothérapie…

– Le traitement de luxe, quoi ! Au salon, j'ai rasé les cheveux d'une cliente qui était atteinte, c'était pas beau.

– Je n'ai malheureusement rien d'autre à vous offrir, madame Bergeron.

– On parle d'une guérison ou de…

– J'espère une rémission complète. Mais, à ce stade-ci, faudra voir. Aucune garantie.

Le docteur Fréchette ressemblait au directeur d'un cirque lui ordonnant de s'élancer du haut du chapiteau. Il lui faudrait rejoindre l'autre trapèze, sans filet. Personne ne serait là pour la retenir. Personne ne l'empêcherait de s'écraser tel un sac de sable au centre de la piste. Ce serait son heure de gloire ou de déchéance. Dans la petite pièce aux murs blancs, Linda extirpa l'air brûlant de ses poumons pour calmer l'angoisse, rassembler ses esprits. Envisager un meilleur numéro, un autre scénario. Rien ne se présenta. Elle eut beau manier la réalité comme de la pâte à modeler, chaque figurine la ramenait à l'inéluctable conclusion : le trapèze, aussi incertain soit-il, constituait sa seule issue.

Au fil des minutes, sa hargne se volatilisa comme les nuages se dissipant après la pluie. La soif de vivre reprenait le dessus. À bien y penser, l'épreuve n'était pas insurmontable. Et même s'il n'existait qu'une chance sur un million, cette chance subsistait, palpable comme la bosse sur son sein. Linda se rallia aux recommandations de son médecin. Et au diable ses élans de coquetterie, ses cheveux repousseraient.

– Je suis coiffeuse, ça ne me coûtera pas cher de perruques !

L'ironie demeurait le meilleur bouclier de Linda et, pour une fois, je n'allais pas critiquer son approche. Malgré nos conflits, je n'étais pas mûre pour épouser le titre d'orpheline. Tout comme je me fichais de la voir déambuler dans la maison avec quelques cheveux en moins.

La veille de son départ pour l'hôpital, je l'ai aidée à préparer sa valise. J'ai rangé soigneusement ses vêtements et accessoires de beauté.

– Ma foi du bon Dieu, les pantoufles de velours avec le pyjama en soie. C'est bien trop extravagant ! Ta mère s'en va pas à l'hôtel, Suzie.

C'était Solange qui, collante comme du vieux macaroni, alourdissait une nouvelle fois l'atmosphère. J'ai pensé la griffer ou, pire, lui arracher la langue et la brûler avec de l'acide chlorhydrique mais, imitant Linda, je me suis contentée de feindre une attaque de surdité ! (Ce que nous pouvons être sourdes en présence de Solange !) J'avais apprécié le courage et la résignation de Linda face aux éventuels effets de la chimio toutefois, pour ce qui était de l'ignoble jaquette d'hôpital, la renonciation avait des limites. La guenille d'un bleu gris sale était si hideuse que de la porter équivalait presque à signer un pacte avec le diable ! Dans les circonstances, inutile d'encourager les cellules cancéreuses à se déchaîner davantage. Mais ça, Solange, qui n'a ni goût ni ouverture d'esprit, ne pouvait le comprendre. En silence, j'ai ajouté aux bagages quelques serviettes hygiéniques, sa brosse à dents et un flacon de Chanel. Comme un coq dans sa basse-cour, Solange était sur le point de pousser un autre cocorico, mais Linda jugea qu'elle en avait assez entendu. Elle lui rappela l'heure matinale à laquelle elle devait se lever.

– C'est sûr, chère. Puis inquiète-toi pas, ça va bien aller. Je vais prier mon ami d'en haut.

Linda n'a pas commenté l'allusion à Jésus, le presque mari de Solange, cependant le clin d'œil qu'elle me fit en disait long sur son soulagement de la voir partir. J'étais heureuse de cet élan de complicité mais, du même coup, ça rehaussait mon propre sentiment de culpabilité. Allais-je ou non placer dans la valise ce livre que je cachais sous ma veste depuis mon entrée dans la chambre ? La bibliothécaire m'en avait recommandé la lecture. L'auteur était médecin ; toutefois, à la différence de ses confrères, ses patients exploraient d'autres avenues pour obtenir la guérison. Méditation, visualisation, rencontres avec des psychologues faisaient partie de ces alternatives. Mais connaissant le scepticisme de Linda face à la chose ésotérique — hormis sa voyante qui n'avait pourtant rien vu de son cancer ! —, je craignais que mon initiative ne soit perçue comme une intrusion dans sa vie privée et ne se retourne contre moi.

– J'ai pas besoin d'un deuxième médecin, Suzie Bergeron. Encore moins d'un livre de tripeux. Il y a déjà assez de Solange qui me casse les oreilles avec ses miracles !

Cacher le bouquin dans sa valise n'en garantissait certes pas la lecture. Néanmoins, en le découvrant en mon absence, peut-être serait-elle touchée par mon désir de la garder en vie ? Émue, Linda parcourrait les premières pages et, captivée tel un rat de bibliothèque, elle ne le déposerait qu'à la toute fin, transformée. J'étais consciente d'en demander « énormément » aux forces de l'univers mais, ayant choisi de croire en une fin de conte de fées, je glissai le livre sous son pyjama.

– Bonne nuit, maman…

– Oui, bonne nuit.

Son ton était banal, comme si c'est chez l'esthéticienne qu'elle avait rendez-vous. J'espérais davantage. Nous étions pourtant toutes les deux conscientes de la gravité du moment. Après l'intervention, il ne serait plus possible de prétendre que le cancer n'existait pas, il ne nous resterait plus qu'à constater l'étendue des dégâts. Voir s'il serait possible de reconstruire le village dévasté. Pourquoi est-ce qu'elle ne profitait pas de ce moment de complicité pour se confier ? Linda choisit d'éviter mon regard en s'allumant une cigarette. Je levai la main pour la saluer, lui offrir une dernière chance de se reprendre. Indépendante, elle préféra ramasser des vêtements. Comme si sa chambre ne pouvait survivre au désordre. Dépitée, je ramenai ma main le long de ma cuisse avec l'étrange impression qu'on venait de l'amputer.

– Qu'est-ce qu'il y a ? Tu vas pas te coucher ?

J'hésitai mais la peur de la perdre fut plus forte que tous les rejets du monde.

– Je peux dormir avec toi ?

Ma demande l'étonna. Pour gagner du temps, elle secoua sa cigarette au-dessus du cendrier en poussant un jet de fumée. Notre dernière nuit en « cuiller » remontait à l'été de mes six ans. Et malgré les années qui nous séparaient de cette scène, je n'avais oublié ni les détails ni la cruauté de ce premier refus :

– Franchement Suzie, tu montes en première année. T'as plus l'âge de dormir avec moi.

– Quand le père d'Esther va à Québec, sa mère la laisse dormir avec elle.

– Bon ! encore les Tremblay ! Va donc vivre avec eux autres si je suis pas assez bonne pour toi…

Qu'allait-elle répondre ce soir, me rejetterait-elle une autre fois ?

– Tu t'endors pas ?

– Oui, mais demain, c'est une grosse journée pour toi. Des fois, c'est plate de dormir toute seule.

– Moi, je suis correcte mais si ça te fait plaisir…

J'aurais pu m'offusquer, lui dire que sa réponse manquait d'enthousiasme mais son regard me suffit. Même si elle faisait tout pour me prouver le contraire, ses pores de peau transpiraient la solitude et l'angoisse. La peur la rongeait déjà comme le cancer dévorait sa chair. Elle avait besoin de moi comme j'avais besoin d'elle.

Ma douche prise, je me suis laissé tomber sur son lit comme on se jette du pont dans la rivière : fébrile et nerveuse. En regardant fixement le plafond, j'ai espéré ses confidences, une promesse comme celle qu'on entend dans les films conçus pour nous faire pleurer. Ce fut sans succès. Linda brilla par son silence. Je n'ai pas abandonné cependant. Patiemment, je me suis glissée, centimètre par centimètre, jusqu'à elle. Sur le point de la frôler, certaine de l'entendre prétexter une soudaine vague de chaleur, je me suis contentée de la toucher furtivement, comme s'il s'agissait d'un accident. J'ai laissé passer quelques minutes avant de recommencer. Cette fois, j'ai posé délicatement ma main sur son épaule. J'ai pris son silence pour un oui. Je l'ai enlacée tendrement, comme on serre son ourson en peluche. Tout à coup, son contact me suffisait, je n'en demandais pas plus. J'ai fermé les yeux, réconfortée par les battements de son cœur. Je les ai comptés comme on compte des moutons. Et je me suis endormie. Oui, j'ai dormi comme un chat repu, une plume d'oiseau collée au bord de la gueule.

Linda passa trois jours à l'hôpital pour recouvrer ses forces. La tumeur extraite était de la grosseur d'un citron et des cellules malignes s'étaient propagées aux ganglions. Ce n'était pas le meilleur diagnostic mais, comme le docteur Fréchette nous avait prévenues d'une telle éventualité, ce ne fut pas non plus la panique dans notre camp. Au pire, on venait d'asséner un bon coup à l'ennemi. La chimiothérapie ferait le reste du travail. C'était le plan B.

Quand je me suis approchée de la chambre 213, Linda se berçait devant la fenêtre, les yeux plongés dans un livre. Pour un instant, j'ai presque cru au miracle ! Mais en reconnaissant l'horrible couverture d'un roman Harlequin, ma foi en prit pour son rhume. Je maudis le monde d'avoir hérité d'une mère aussi superficielle. Lire ces insipidités moyenâgeuses alors qu'elle détenait peut-être la clef de sa guérison dans sa valise ! Linda ne remarqua pas tout de suite ma présence. Séduite, elle évoluait dans un autre monde : celui de Daphné Dubois, institutrice de village et amoureuse de David, le nouveau policier du canton. Et sans doute au moment où ce « king des kings » faisait la grande demande et lui jurait de l'aimer jusqu'à la fin des temps, une larme glissa sur la joue de Linda. Misère ! Elle pleurait ! Que pouvais-je ajouter maintenant ? Je n'allais tout de même pas l'accuser de superficialité. Du coup, ma colère s'évanouit. Appuyée contre le chambranle, j'étais devenue aussi inoffensive qu'un agneau. Linda leva les yeux de son livre :

– Qu'est-ce que tu fais là ?

Son ton, coupable comme si je l'avais surprise à fumer en cachette, ne présageait rien de bon.

– Rien… je te regardais. Ç'a l'air bon, ton roman ?

J'ai eu beau m'efforcer d'éliminer toute trace d'ironie, son expression changea radicalement. Plus de vulnérabilité, sa réplique acerbe fut sans appel.

– Commence pas à faire ta *smarte*, Suzie Bergeron. Je sais ce que tu penses de mes romans.

– Pourquoi tu dis ça ? J'ai rien dit…

– Le livre que t'as placé dans ma valise, lui ? Pour qui tu te prends ? J'ai déjà assez d'un médecin, j'en ai pas besoin d'un deuxième. J'ai déjà assez de Solange…

Comme prévu, j'avais insulté son intelligence. Je baissai les yeux pour confesser mon crime en balbutiant :

– Le livre, c'était juste une idée comme ça, je voulais pas…

– Tu veux jamais rien mais tu fais toujours à ta tête.

Elle referma brusquement le bouquin et le fit disparaître entre le coussin et sa cuisse.

– Avec tout ce qui m'arrive, une bonne histoire d'amour, ça me détend, ça me change les idées. J'ai pas le goût de lire des affaires compliquées ! Tu peux comprendre ça ?

– Bien oui. Je m'excuse…

Elle m'observa comme un joueur de poker évalue son adversaire pour deviner s'il bluffe. Voulant la convaincre, j'ajoutai :

– Il y a beaucoup de romans Harlequin à la biblio. Ça va me faire plaisir d'en emprunter d'autres.

Ce fut suffisant pour redonner à nos retrouvailles un soupçon de civilité. Et, comme si elle regrettait son emportement, elle me dit sur un ton de confidence :

– À cause de la chimio, je serai pas du monde. T'es mieux de te préparer.

Prudente, j'ai risqué un timide :

– Ça fera pas changement. Je suis habituée.

J'étais consciente de risquer gros en ajoutant cela. Elle aurait pu remonter illico aux barricades, voire me demander de quitter les lieux, mais ce ne fut pas le cas. Mon commentaire eut l'effet d'une réplique au théâtre qui fait crouler la salle de rire. Un rire rauque, plus proche du cri de corbeau que de la parfaite Blanche Neige mais si bouleversant à mes yeux. Nos éclats déferlèrent sur les murs de la chambre comme les rayons du soleil incendient les déserts du monde. À cet instant, dans cet hôpital de Québec, dans un pays appelé Canada, sur la planète Terre, Linda Bergeron, ma mère, était si belle ! SI VIVANTE ! Rien ne pouvait nous séparer. À dos de chameaux, je nous imaginais braver les Sahara, les Gobi, en nous moquant des serpents venimeux. Braver les océans, les tempêtes. Cependant, le mirage fut de courte durée. Le mur de la réalité me frappa de plein fouet. Du haut de son arrogance, le Cancer me bravait, l'air de dire : « Pauvre petite fille. J'ai pas dit mon dernier mot. Vous n'avez encore rien vu… »

Mon enthousiasme se dissipa et, devant Linda, je figeai comme une statue de sel. J'étais devenue la statue de la Lâcheté ! Je m'en voulais. Ne devais-je pas être forte pour deux ?

– Qu'est-ce que t'as ? T'as bien l'air triste.

Je haussai les épaules. Pour me rassurer, Linda se dessina un sourire, un peu comme la lune dévoile son premier quartier.

– Inquiète-toi pas, t'es pas prête d'être débarrassée de moi. Petite peste.

– Tu me le promets ?

Sans cette pudeur devenue coutumière entre nous, Linda me serra dans ses bras en acquiesçant. J'ai senti son sein malade pressé contre ma poitrine juvénile. En secret, j'ai réglé ma respiration à la sienne et, comme l'héroïne d'une série de science-fiction, je lui ai *téléporté* mes cellules saines comme un jour elle m'a transmis la vie. J'ai essayé, à tout le moins...

Linda n'a pas voulu reparler de son cancer après sa chimiothérapie. Elle était stricte là-dessus.

– La vie continue ! Il y a pas de quoi fouetter un chat. C'est juste un mauvais moment à passer.

Linda se rendait à Québec pour ses traitements, se couchait à son retour pour reprendre des forces jusqu'au prochain rendez-vous. Esther et moi, durant l'une de nos nombreuses conversations sur le sujet, en sommes venues à la conclusion qu'il s'agissait d'une façon légitime de ne pas diluer son courage. Même si je trouvais frustrant de prétendre que notre vie ressemblait à un jardin de roses, je me suis efforcée de la boucler. Mon indice de culpabilité plafonnait depuis ma fameuse rencontre avec mes parents adoptifs. Eux non plus n'ont pas fait la manchette à la maison. À mon retour de Montréal, je leur ai posté une carte pour les remercier de m'avoir reçue mais sans plus de détails. Pas d'éventuelles rencontres, pas de promesses et surtout pas un mot sur la maladie de ma mère. Linda n'a pas commenté ma décision, pourtant j'ai deviné son soulagement. Une sorte d'entente tacite entre une mère et sa fille.

Malgré tout, notre déménagement sur la planète Cancer n'a pas tardé à se concrétiser : vomissements, perte de cheveux, amaigrissement firent partie de notre quotidien. Au début, je n'ai pas rompu la consigne. C'est quand Linda a commencé à passer plus de temps aux toilettes que dans sa propre chambre que j'ai décroché de mon rôle :

– Ç'a pas de bon sens, on dirait que ça te rend encore plus malade.

– Le docteur a dit que ce serait difficile. Après, ça va aller mieux.

Mais ce fut un mensonge. À tout le moins, ce ne fut pas la vérité. Nous avions beau nous accrocher aux statistiques, Linda revenait de ses séances de chimio les veines bourrées de poison. Souvent, je suis retournée à la bibliothèque pour relire le passage de l'encyclopédie lui octroyant les meilleures chances. Mais ça n'a rien changé. Ce n'était la faute de personne si ma mère faisait partie du nombre de malchanceuses dont la médication, aussi puissante soit-elle, glisse sur elles comme l'eau sur le dos d'un canard. Non, personne n'a voulu mentir : ni le docteur Fréchette, ni Esther, Solange ou Linda. Même moi qui m'étais jurée de la sauver.

Il nous a fallu près de six mois pour enterrer nos espoirs et comprendre que la vie de Linda serait une symphonie inachevée. C'était le premier avril. Pourtant, ce jour-là, en la voyant revenir de son traitement, je ne m'en serais pas doutée. Elle semblait plus calme et sereine qu'à l'habitude. C'est en voyant l'expression consternée de ma tante que j'ai compris : il s'agissait d'une façade. Nous en étions rendues à l'acte final de notre tragédie. Néanmoins, comme si je voulais repousser la fin, ne jamais quitter le théâtre, j'ai ravivé mon personnage d'actrice légère.

– C'est quand, ton prochain traitement ?

Linda ferma les yeux. À ses côtés, Solange ressemblait à une mauviette de troisième, frappée de plein fouet par le ballon dans la cour de récréation. La panique me gagna, un vrai coup de poing au cœur.

– Qu'est-ce qui se passe ? Je veux savoir. Parlez-moi !

Ma tante se mit à sangloter.

– Solange, pour l'amour, j'ai pas besoin de ça ! Retiens-toi !

Honteuse, elle disparut vers le deuxième. J'ai pensé l'imiter moi aussi, fuir à mon tour, mais la voix grave de Linda me cloua sur place.

– J'ai eu des mauvaises nouvelles ce matin, Suzie.

Et le mot est venu. Le mot le plus redoutable du dictionnaire : INCURABLE. La médecine ne pouvait plus rien pour Linda. Désormais, le Cancer ne la quitterait plus comme Roméo n'a pu se résigner à perdre sa Juliette. Tel un amoureux fou, Il l'emporterait pour l'éternité. Loin de moi…

Dans la cuisine froidement éclairée par le fluorescent, je n'ai pas pleuré. Pleurer, c'était accepter la mort. Et ça, j'en étais incapable. Aussi proche et menaçante était-elle.

Chapitre II

J'AI PRIS conscience de l'existence de la Mort durant l'été de mes huit ans. Le village pleurait le décès du maire. Le pauvre s'était électrocuté en tentant de remplacer une ampoule dans sa salle de bains. « Ça devait sentir le petit poulet Kentucky », avait commenté Esther, les yeux rieurs, mais, rapidement, nos boutades s'étaient transformées en d'incessantes questions sur ce nouveau mystère qui se présentait à nous.

– Je me demande s'il a vu quelque chose avant de mourir ?

– Tu penses qu'il nous regarde ?

– Solange dit que son âme existe.

– Son âme, je voudrais bien voir ce que ça mange en hiver !

À cet âge, la mort est aussi obscure qu'un commando de spermatozoïdes à la recherche du fameux ovule. Comment croire en ce que l'on ne voit pas ? Meurt-on pour toujours ? Et tous ces films d'horreur sur le sujet où les morts reviennent à la vie. Chaque question en réinvente une nouvelle, toujours plus sérieuse, plus cruciale. Afin d'apaiser notre soif de curiosité, comme des chevaliers à la recherche du Graal, nous nous sommes présentées à la porte du salon mortuaire, déterminées à percer le mystère de la mort.

Il y avait foule au sous-sol de l'église pour veiller la dépouille. Hormis son visage cireux, M. le maire n'était pas si différent. Pourtant, au dire d'Esther, il restait bien peu de son enveloppe terrestre. L'embaumeur avait retiré tous ses organes.

– C'est comme un poisson. Si tu ne le dépèces pas, ça va sentir la charogne.

– Esther, t'es dégueu.

– C'est ça pareil. Regarde ses joues. L'embaumeur a mis trop de ouate.

J'avais beau lui opposer mon air le plus dégoûté, ça ne faisait qu'aiguiser son excitation :

– Ça doit être tripant de tenir un cœur dans ses mains. Je me demande ce qu'ils font avec les organes ?

– Si tu te fermes pas, je m'en vais. Il y a du monde autour, ils nous regardent.

– On fait semblant de prier. Et notre gageure, elle ?

Comment avait-elle pu me convaincre de toucher un cadavre ? Selon Esther, il suffisait d'agripper son bras pour entrer en communication avec son esprit. Pas un simple geste posé à la dérobée, non, un geste franc qui, par une quelconque intervention de l'au-delà, nous relierait au fantôme du maire. Aujourd'hui, l'idée me semble saugrenue mais, à l'époque, la pensée de briller devant les caméras du monde entier en train de dévoiler ma découverte l'emporta sur mes peurs. Cependant, j'étais forcée de l'admettre : devant le cadavre, ma soif de gloire battait de l'aile ! Esther s'impatientait.

– Attends-tu qu'il se mette à bouger, Suzie ?

Je fouettai mon courage et glissai ma main vers le bras du défunt. Hélas ! comme si j'avais avalé une bouteille de Prozac, je m'immobilisai au bord de l'hallucination. Je le voyais s'animer. Pour se venger, le maire m'agrippait et m'attirait vers lui en refermant le couvercle. J'étouffais dans la tombe, comme un bébé suffoquant dans un sac de plastique sous le regard démoniaque de sa gardienne.

– T'es encore loin de lui toucher, peureuse...

Tremblante, je ramenai mon bras, résignée à perdre la gageure. Inutile de mettre ma vie en péril pour quelques dollars. Au pire, j'envisageais de faire le ménage chez Solange pour acquitter ma dette. Toutefois, avant d'abdiquer, j'eus la présence d'esprit de la relancer. OK, j'étais mauviette mais, pour mériter l'argent, Esther devait réussir là où j'avais échoué. Sa réputation d'aventurière ne lui octroyait aucun droit. Sinon, c'était l'équivalent d'un match nul. À défaut d'avoir révolutionné les théories sur la mort, je conservais mes sous.

– Pète pas plus haut que le trou, Esther Tremblay, tu lui as pas encore touché.

– Facile au maximum ! J'ai pas peur de mon ombre, moi.

– Si l'esprit est mauvais, il peut venir te hanter jusqu'à la fin de tes jours. On l'a vu dans les films…

Mes menaces frisaient le ridicule mais, n'ayant rien à perdre, j'en rajoutai pour ébranler son courage. Faire tourner le vent en ma faveur.

– Être hantée jour et nuit par un esprit, ça doit pas être reposant.

L'air moqueur, Esther ignora mes intimidations et toucha le poignet du maire furtivement.

– Ta-dam !

Dans ses yeux, je vis mes deux cents sous noirs disparaître dans son cochon de porcelaine ! J'étais plus matérialiste que je ne le croyais.

– Ça compte pas. T'as dit un contact franc. Le but c'est de communiquer avec lui ou pas ? Je te donne rien si tu lui touches pas pendant dix secondes.

Mon commentaire l'agaça mais, ne pouvant réfuter mon argument, elle se plia à ma demande et toucha la main du maire. Pour éviter qu'on ne la remarque, elle fit semblant de prier avec encore plus de ferveur.

– Un, deux, trois…

Je comptai très lentement en priant moi aussi !

– Quatre, cinq…

Et quelque chose se produisit, mon vœu fut exaucé. Pour ne pas perdre la gageure à tout le moins. Les yeux écarquillés, Esther redressa la tête et son visage passa du rouge vif au blanc laiteux, comme si le maire la vidait de son sang. Je cessai le décompte, apeurée à mon tour. Un cri strident retentit dans toute la salle.

– Ahhhhh !...

Le cri d'Esther. J'étais stupéfaite. Même en imaginant le meilleur scénario, je n'aurais pu prévoir un tel revirement. Esther recula pour fuir et trébucha sur le bord du tapis, entraînant dans sa chute les dizaines de couronnes de fleurs surplombant le cercueil. Un tonnerre d'insultes s'éleva comme les cris des vautours survolant une carcasse abandonnée dans un champ.

– Petites écervelées !

– Polissonnes !

– Doux Jésus...

Devant une telle commotion, nous courûmes vers la sortie pour éviter les reproches. Cependant, comme au village les informations circulent à la vitesse de l'éclair, nos mères ne tardèrent pas à nous faire payer notre irrespect : des excuses officielles à tous les membres de la famille Pilote. L'humiliation totale en ce qui me concerne. Huit maisons à visiter un soir de pleine lune.

Ce fut mon premier contact avec la Mort. Depuis, hormis les images de guerre et les écrasements d'avion rapportés aux informations, j'ai mené ma vie comme si Elle n'existait pas. Et je m'en portais plutôt bien. Maintenant que sa visite est annoncée, je ne peux plus jouer à l'autruche et m'enfoncer la tête dans le sable. La Mort rôde, son parfum est partout. Ne reste plus qu'à savoir quand elle prendra possession de notre maison.

À l'école, rien ne va plus. Encore faut-il que je ne sois pas en retard pour prendre l'autobus. Deux fois, Solange s'est transformée en chauffeur de taxi pour m'y conduire in extremis. J'ai eu beau m'objecter, lui dire que ce n'était pas la fin du monde de manquer une journée, rien n'y fit.

– Il n'en est pas question ! C'est pas le temps de baisser tes notes. Ta mère a déjà assez de soucis.

Que pouvais-je répondre devant un tel machiavélisme ?

Solange et ses trois jappeurs emménagèrent quelques semaines après l'arrêt des traitements. J'ai bien essayé d'empêcher son déménagement en proposant mes services d'apprentie infirmière, mais Linda s'y est furieusement objectée.

– Il n'en est pas question. L'école, c'est ton avenir !

Mon avenir ? Que ferais-je après la mort de Linda ? Devrais-je continuer à vivre avec führer Solange ? Ma tante a beau japper dans tout le canton qu'elle me considère comme sa propre fille, ça ne fait pas de nous une nouvelle famille. Si j'étais incapable de survivre au départ de Linda ? Si…

À l'école, mon cerveau baigne dans un bocal de formol avec les cœurs de grenouille. Comme un automate, je sors mes crayons, mes livres, dirige mon regard vers l'avant de la classe sans rien entendre. Les professeurs parlent chinois, biologie, grec, morale, italien. Leurs lèvres articulent des mots insensés, énoncent de grandes vérités dont je me fiche royalement. Heureusement,

Esther fait de son mieux pour m'éviter la catastrophe. Le soir, devant un bon chocolat chaud, elle me répète avec une patience insoupçonnée toute la matière couverte durant les cours. En vérité, elle étudie pour deux. Pour la première fois de ma vie, moi, la « bolée », je me suis résignée à tricher pour ne pas inquiéter Linda. Durant l'examen, les doigts d'Esther n'en pouvaient plus de parler en langage codé. À la remise des résultats, Esther exulta d'avoir obtenu la plus haute note de son existence : quatre-vingt-dix pour cent ! Moi, ça me fut égal, tout m'est égal. Je suis comme une pomme sans peau au bord de l'oxydation.

En plus de ne rien apprendre, j'oublie tout. C'est la deuxième fois que je fais appel au concierge de la poly pour couper mon cadenas. Cette fois, Esther a décidé de retranscrire la nouvelle combinaison dans son agenda.

– Deux têtes valent mieux qu'une demie !

Esther fera une bonne mère. Elle aura beaucoup d'enfants. Quant à moi, j'y renonce, la vie est trop impitoyable. Vraiment, c'est ce que je pense.

Ce soir, la salle de quilles est noire de monde. Bras levé au milieu de l'allée, langue tirée, Esther inspire avant de courir et de s'élancer. Son tir est de la dynamite. D'un trait, toutes les quilles voltigent et retombent. Esther jubile en s'approchant de moi :

– Abat ! Yes ! Yes ! Yes !

À mon tour de faire mes preuves. J'insère mes doigts dans les trous et soulève ma boule. Jusqu'à maintenant, je n'ai pas joué aussi bien que ma partenaire mais, malgré mon état léthargique des dernières semaines, ma moyenne est loin d'être catastrophique. Si je réussis un coup parfait, nous terminerons premières et repartirons avec le trophée et la bourse de cinquante dollars ! Dix équipes sont en lice et nos rivaux de l'heure sont nuls autres que Martin Bellerose et Lysanne Gallant. Esther le cache bien, mais elle cultive encore des relents d'amertume à l'égard du bêta qui lui a préféré Lysanne comme petite amie. Une victoire aurait l'effet d'un velours sur son statut de célibataire !

– T'es capable, Suzie ! On va les avoir les…

C'est flatteur de sentir tous ces yeux rivés vers moi, mon sens de la compétition refait surface. Je suis une skieuse acrobatique au sommet de sa montagne. J'inspire profondément pour aiguiser ma concentration et vise le bout de l'allée. Je me sens bien, en contrôle. Il faut dire que l'état de Linda s'est amélioré depuis deux jours. C'est moins décourageant. Ce soir, en voyant la poutine géante qu'Esther et moi dévorions, elle nous a même suppliées de lui laisser goûter quelques frites, sous le regard affolé de ma tante picorant comme une poule avant qu'on ne lui tranche la gorge.

– Voyons ! Linda, tu vas pas manger ça !

La moue cavalière de Linda n'a fait qu'empirer les protestations de Solange. Ensuite, emmitouflée dans une couverture de laine, Linda s'est aventurée au bout de la galerie pour griller une cigarette en chantant comme Dalida :

J'ai mis de l'ordre à mes cheveux,
Un peu plus de noir sur mes yeux…

Moi qui ai toujours détesté la cigarette et sa chanteuse préférée, j'étais enchantée de les retrouver. Tout redevenait comme avant. La Mort s'était trompée d'adresse, ce n'était qu'une erreur, un mauvais cauchemar.

Les murmures d'impatience s'élevant dans la salle de bowling Gingras me ramènent à la réalité. Je lance enfin ma boule. Le tracé semble parfait. Derrière moi, sur le bout des pieds, Esther guide mentalement la boule. Des quilles s'élèvent, vrillent, tombent. Il en reste trois, deux, une... Hélas ! la dernière ne tombe pas. Des grands oh ! s'élèvent mais... attention ! la quille vacille de gauche à droite et, comme si un amant l'attirait vers le plancher, elle va rejoindre les autres dans le fond du dalot. Un tonnerre d'applaudissements envahit la salle. Esther explose.

– Yes ! Yes ! Yes ! Victoire !

Elle me saute dans les bras, nous crions très fort. Plus loin, Barbie Lysanne relève sa couette en jetant un regard « fru » à son amoureux, rouge de jalousie. Après, c'est la remise du trophée des mains de Gérard Gingras, le macho de propriétaire, nouveau maire du village :

– Félicitations aux deux petites femmes, Tremblay et Bergeron ! Du grand sport, mesdames et messieurs !

J'ai beau lui présenter ma joue gauche, le gros dadais aux cheveux gras trouve le moyen de poser ses lèvres gluantes sur ma pauvre bouche inexpérimentée ! Je pense très fort aux cinquante beaux dollars pour en diluer l'effet.

Après les félicitations et une fois notre argent en poche, nous quittons la salle de quilles comme deux stars du petit écran. Sans rancœur, je refuse l'offre d'Esther qui veut me remettre le trophée.

– C'est grâce à toi si on a gagné. C'est toi la reine des abats, Esther !

Mon amie porte le trophée à bout de bras. Sa joie est aussi contagieuse que la grippe. Je souris à mon tour, j'inspire l'air doux d'avril à grands poumons. Pourtant, en approchant de la maison, un peu comme une vieille chanson dont on ne peut se défaire, je retrouve ma mauvaise humeur. Le spectre du Cancer refait surface. Le voilà qui pavoise, assis sur le trophée d'Esther. Mon amie devine mon désarroi :

– Tu penses à Linda ?

– Comment je peux passer ma soirée à la salle de quilles quand elle est en train de crever ? Je m'en veux, tu peux pas savoir.

– Linda est la première à dire de pas t'arrêter de vivre à cause d'elle.

– C'est ça pareil. C'est mêlant. Quand je suis avec elle, j'ai juste envie d'être ailleurs. Je trouve ça trop dur, je suis pas capable de la voir comme ça. Je sais plus quoi faire.

– Si je peux faire quelque chose...

Esther aussi a de la peine. Elle ne vit pas mon drame avec la même intensité mais, en contrepartie, sa bienveillance envers Linda est si réconfortante. À chacune de ses visites, comme un clown en représentation, elle déballe les derniers potins juteux du village. Linda éclate à tout coup. Ce soir, entre deux frites, c'était au tour de la femme de ménage du curé d'en prendre pour son rhume.

– Il paraît que madame Leclerc a été vue dans le grenier du presbytère. Et le curé était pas en train de la confesser si vous voyez ce que je veux dire.

Chaque rire soutiré du corps de Linda se transforme en un arc-en-ciel perdu dans le brouillard. Malheureusement, ça ne dure pas. La Mort est trop rusée. Comme le banquier, elle ne perd jamais de vue ses intérêts. Chaque rire échappé de son corps frêle, chaque parcelle de joie, elle doit les payer en heures de repos supplémentaires. Et viennent des moments où le repos ne suffit plus. Linda reste clouée à son lit des jours durant, comme un enfant incapable de marcher. Esther n'insiste jamais, cependant.

– Je vais vous laisser vous reposer, Mme Bergeron. Je repasserai demain…

Moi, je pense : « Je vais vous laisser mourir en paix, Mme Bergeron. » Pourtant, ce n'est pas un reproche dirigé contre mon amie. Ce n'est qu'une simple constatation ironique face à la situation.

En arrivant devant chez Esther, mon amie me propose de faire un détour pour me raccompagner. Je refuse :

– Ça va aller. Ça va déjà mieux. Inquiète-toi pas.

Un autre mensonge. Je donnerais tout pour disparaître derrière la porte de leur modeste demeure. Retrouver une vraie famille. Pas comme chez moi où la mort n'attend qu'une signature du notaire pour évincer la propriétaire. Linda va les payer chèrement, ces quelques frites savourées entre deux rires. Je le sais trop. Aux yeux de la nature, l'existence de Linda n'a pas plus de valeur que celle des poissons condamnés à crever dans le filet des pêcheurs. Rien n'empêche les fleurs de faner. Le temps suit son cours, voilà tout. Dans quelques semaines, le soleil redoublera d'intensité, les bancs de neige retrouveront les rivières, les arbres leur feuillage et Linda...

Sa mort ne se retrouvera dans aucun livre d'histoire.

Chapitre III

IL ME RELUQUAIT depuis longtemps. Un jour, il m'a invitée. Je n'ai pas hésité. Je suis là dans la voiture de son père stationnée au bout du quai. La lune crache ses premiers reflets sur le fleuve gelé. Je le trouve beau. Si beau. Ses yeux inondent les miens de sa passion. Ses lèvres épousent le contour de ma bouche. Ses lèvres charnues. Je le goûte. Sa langue rejoint la mienne. C'est doux comme le printemps, tiède comme un vent d'été.

– T'embrasses bien, Suzie.

– Toi aussi…

Il ose et glisse sa main contre mon sein gauche. Ça m'intimide mais je ne le repousse pas. Il prend cela pour un oui et le tâte comme on évalue un fruit. J'ai chaud. Soudain, mon soutien-gorge est trop petit, mes seins sont des ballons au bord de l'explosion. Je n'ai jamais rien ressenti de tel. Je suis sûrement folle, possédée comme une sorcière de Salem. Saisie de remords, je me dégage pour me libérer de son emprise. Au passage, ma main effleure sa cuisse. Une forme allongée lutte contre son jean serré. Je ne suis pas experte en la matière, mais comme ce n'était pas là auparavant... Je suis cramoisie, et ce ne sont plus les effets de nos emportements ! Gênée, j'écarte ma main pendant qu'il tente de dissimuler les traces de son Empire State Building. Je me sens ridicule. Je ne vais tout de même pas l'accuser de me désirer ! Biologie 412 : en présence du désir, tous les vaisseaux sanguins du pénis d'un homme... C'est l'inverse qui devrait m'embarrasser : savoir que je le laisse indifférent.

– Il y a des choses qu'un gars peut pas toujours contrôler, ajoute-t-il pour sa défense.

Je ne veux pas le perdre. Je m'approche et l'embrasse pour raviver ses ardeurs. Il ne se laisse pas prier. Sa salive est exquise. Nos bouches sont des aspirateurs rugissant à plein régime. Ses caresses me torpillent la peau. Et quand j'arque le cou, subjuguée, je l'entends chuchoter :

– Tu veux faire l'amour ?

Il ne me force pas. Je suis libre de répondre : oui, non, j'en meurs d'envie ou jamais de la vie. Mon cœur balance entre le oui et le « j'en meurs d'envie ». En fait, mon désir vrombit comme le moteur d'une moto filant sur l'autoroute. Je veux franchir le mur du son mais des panneaux de signalisation m'annoncent une courbe dangereuse. J'entends des voix.

– T'as pas encore quinze ans...

– Tu le connais à peine...

– Tu veux qu'on t'appelle la pute ?

Voilà, je suis déstabilisée, le doute m'assaille. Je suis sur le point de refuser. Les voix applaudissent en guise de victoire. Et si elles avaient tort ? Pourquoi ce serait mal de faire l'amour ? Je ne me suis jamais sentie aussi libre, aussi belle. Si le temps était venu de faire fi des âmes pudiques du village et de grandir moi aussi ? Comme toutes les femmes ? Au diable les voix ! Qu'elles s'en retournent d'où elles viennent !

– Oui, je veux le faire.

C'est au tour de Solange de me paralyser en rugissant comme un lion.

– Suzie Bergeron, tu peux pas faire ça.

Je veux lui crier de se mêler de ses affaires, toutefois, en ouvrant les yeux, Solange n'est pas à mes côtés, je suis seule dans mon lit. Sur ma table de nuit, le cadran indique huit heures dix, un samedi matin ! Voilà que les colères de Solange m'empêchent de rêver. J'enrage pendant qu'en bas, l'orage se poursuit de plus belle. Ma tante en a gros sur le cœur. Sa voix pleurnicharde résonne dans toute la maison.

– Après tout ce que j'ai fait pour toi ?

Je recouvre ma tête de l'oreiller. Avec un peu de chance, je retrouverai mon bel inconnu. Si, nuit après nuit, j'ai pu tomber du haut du même building, il m'apparaît légitime d'espérer une simple reprise de mes ébats amoureux. En vain ! La voix dévastée de Solange me glace les veines.

– T'as pas honte ? Comment je vais regarder les gens en face ? Moi, ta propre sœur ! J'aurais honte, Linda Bergeron ! J'aurais honte !

Je tends l'oreille mais les excuses de Linda ne suivent pas. Je n'entends plus qu'un claquement de porte suivi du crissement des pneus de la Ford de Solange. Je n'ai plus le choix, je dois descendre.

Linda est assise au bout de la table. L'arôme du café se mêle à la fumée d'une cigarette grillant sur le bord du cendrier.

– On t'a réveillée ? me dit-elle d'un air désolé.

– Ah ! c'est correct ! Je voulais me lever de bonne heure, de toute façon.

– Assis-toi...

Malgré son air officiel, mon comportement ne semble pas remis en cause. Je respire déjà mieux et prends le temps de me verser un bol de céréales. Linda tire sur sa cigarette en m'attendant. Mon ordinateur cogite. Que s'est-il passé durant mon sommeil ? De quoi veut-elle me parler ? Le ciel peut-il tomber plus bas ? Je n'ai pas encore tout vu ? Vomissements, pertes de poids, crises de larmes, tout ça n'est pas encore assez ? En sortant la pinte de lait, le mot euthanasie m'effleure l'esprit. Linda n'a jamais mentionné ce mot. Cependant, quand elle est alitée pendant plusieurs jours et affirme, les dents serrées, qu'on ne laisse pas souffrir un animal comme elle le fait, l'affirmation est lourde de sens. Plus j'y pense, plus je crains d'avoir vu juste. Linda va m'annoncer son intention d'abréger ses souffrances. Le faire avant d'avoir perdu toute sa dignité. Et Solange, qui est contre tout — de l'avortement aux relations sexuelles avant le mariage —, n'a pas voulu en entendre parler. C'est pour ça qu'elle a claqué la porte. Et moi, que vais-je lui répondre ? La secousse est forte, le vertige, trop étourdissant : je rattrape la pinte de lait juste avant qu'elle n'éclabousse le plancher.

Linda secoue sa cigarette. Je dépose mon bol de céréales comme si de rien n'était sans qu'elle ne m'abandonne du regard. Va-t-elle me demander de l'aider à mourir ? La panique me gagne, l'angoisse me serre la gorge. J'en serais incapable...

– Suzie, j'ai... j'ai téléphoné aux parents qui t'avaient adoptée.

L'effet est inattendu mais tout aussi ahurissant. Les murs de la maison se pulvérisent, mes cheveux brûlent comme une torche, sans compter un décollement de la rétine immédiat ! Je ne vois plus. Je ne veux plus voir, ne parle plus. Ne me reste plus qu'à me noyer dans mon bol de céréales. Linda poursuit courageusement :

– J'ai repoussé ça autant que j'ai pu mais... comme mon état ne s'améliorera pas... Il va falloir prendre les décisions. Les bonnes décisions.

Même si ses paroles sont aussi floues que la ville de San Francisco dans le brouillard, j'ai déjà tout compris. C'est pour ça que Solange est partie. Linda ne lui a pas fait confiance, elle l'a reniée. Elle veut que je retourne vivre avec EUX.

– Tu dis rien ?

– Non.

– Suzie...

– Je sais pas quoi dire, maman.

– Il va falloir que tu le saches parce qu'ils vont être ici dans deux heures.

– Qui ça ?

Je joue l'idiote, j'ai besoin de gagner du temps. Tout est si subit. Trop rapide. Il y a quelques minutes, j'allais vivre mon initiation sexuelle et voilà qu'un « ensemble-de-parents-potentiels » s'amène au village. Quelque part entre Québec et Montréal, Marie-Paule et Antoine roulent sur l'autoroute, porteurs du futur. Le mien…

– Pourquoi tu m'en as pas parlé avant ?

Sans vouloir compliquer les choses inutilement, m'annoncer un fait pareil à deux heures d'avis me semble déplacé. Anormal ! Et le caractère exceptionnel de notre situation n'excuse rien. Peut-être Linda n'est-elle plus dans son état normal ? Son cerveau est givré par la morphine. Solange est sortie en urgence afin de quérir un médecin pour l'empêcher de poser un geste irréparable. Toutefois, dès qu'elle se remet à parler, je sais bien qu'elle n'a pas perdu la raison.

– Je voulais pas te rendre coupable.

– Coupable de quoi ?

– Je te connais. Tu vas finir par dire que tu peux pas faire ça à Solange. Que c'est mieux de pas séparer la famille. Que c'est ça que j'aurais voulu.

– Solange est pas parfaite, mais elle est pas si pire que ça quand même…

– Tu voudrais vivre avec elle ?

– Je sais pas, j'y ai pas vraiment pensé. Peut-être…

Menteuse ! Il y a six mois, j'étais prête à abandonner ma propre mère pour vivre avec eux. Pourquoi m'entêter à mentir de la sorte ? Moi qui jure à tout vent que la vérité et la liberté sont des principes trop souvent oubliés dans notre société. Et si ce n'était pas un mensonge ? Si j'étais en train d'apprendre de mes erreurs ? Comme le grand chef d'un restaurant, Solange connaît toutes les recettes pour irriter mes papilles, mais cela veut-il dire que je ne l'aime pas ? Linda aussi me faisait sortir de mes gonds avant d'être malade. Nos silences cachaient des relents de violence, d'incompréhension, de haine. Aujourd'hui, ils portent l'arôme d'essences les plus riches : jasmin, vanille, lilas. Je l'ai compris, maintenant.

– Solange serait prête à me garder ?

– Elle dit que oui...

J'impose un nouveau silence. J'ai mal pour ma tante. Je comprends sa colère. Elle se sent trahie et pense qu'on ne l'aime pas, qu'on ne l'aime plus.

– Ce serait plus simple de rester avec Solange, non ?

– Je pense pas. Un jour ou l'autre, tu serais partie du village pour aller au collège, à l'université. Je t'aurais pas endurée à la maison, ma petite fille. Je t'aurais donné des bons coups de pieds dans le cul pour pas que tu refasses mes erreurs.

– T'as rien fait de mal.

– Tu sais ce que je veux dire. T'as toujours rêvé d'une vraie famille.

– Je me cherche pas une autre famille. C'est toi, ma mère. J'en aurai pas d'autre.

C'est sorti tout seul, comme le cri d'un naufragé sur une île déserte. Je refuse de lui laisser croire que je la remplacerai. Linda s'applique à garder son calme.

– Complique pas les choses, veux-tu ? C'est pas un concours de popularité. Personne a voulu que je tombe malade. Personne. C'est la vie qui est bête. Pour l'instant, faut penser à toi.

J'acquiesce en baissant la tête.

– Solange veut te garder mais... j'aimerais ça que t'aies des chances, que tu sois pas tout le temps obligée de te battre. Solange fait des ménages à l'auberge. Comment elle va faire pour payer tes études ?

– Ils ont peut-être de l'argent mais ça veut pas dire qu'ils seraient meilleurs qu'elle.

– Il me semblait que tu les avais aimés quand tu les as rencontrés ? C'est pas ce que tu m'as dit ?

– C'est sûr, ils ont été gentils, sauf que je les connais pas vraiment...

Elle respire plus difficilement. Cette conversation lui demande beaucoup d'énergie.

– Il y a pas dix noms sur la liste, Suzie.

Je la sens s'impatienter, elle ne tiendra plus bien longtemps.

– Je veux régler ça avant de... mais si tu préfères Solange, c'est ton choix...

C'est absurde. Je me sens menottée sur le siège arrière d'une auto-patrouille comme si on me conduisait en prison. Pourquoi Linda a-t-elle attendu avant de consulter le médecin ? Pourquoi la vie emprunte-t-elle toujours d'autres chemins que ceux tracés sur les cartes du monde ? Étranglée par la culpabilité, la voix éraillée, je m'en remets à ses arguments et opte pour les parents d'Outremont. Linda se calme et me lance un sourire courageux.

– Solange va pas arrêter de t'aimer. Je la connais. Dans quelques mois, elle va être la première à dire que c'était la meilleure chose. Tu vas pouvoir venir la visiter. L'été, aux Fêtes...

Même si je ne suis pas rescapée du naufrage, je me sens moins seule sur mon île. À force d'envoyer des signaux, d'allumer des feux sur la plage, je finirai par retrouver mon chemin. Linda m'ordonne de manger. Docile, j'avale une bouchée. De nouvelles questions se bousculent dans mon esprit.

– Qu'est-ce qu'ils ont dit au téléphone, les...

– J'ai parlé avec... Marie-Paule. Je lui ai dit que j'aimerais ça, discuter de ton cas. En personne. C'est pas le genre de nouvelles à annoncer au téléphone, tu comprends ?

Ils ne savent rien. Rien n'est encore joué. Je cache mal ma déception. Sur le plateau d'un jeu de Monopoly, je suis le petit terrain sans valeur jouxtant les deux bleus juste avant de passer Go. Le joueur a besoin d'un sept, mais il lance un six et échoue sur moi. Il fait de grands yeux incertains en m'évaluant, tâte sa liasse de billets et conclut que je n'en vaux pas le prix. Je ne serai qu'un mouton noir dans sa collection de propriétés. J'insiste auprès de Linda :

– T'as entendu son ton au téléphone. Tu penses qu'elle se doute de quelque chose ?

– Je lui ai dit que je pouvais pas me rendre à Montréal. Elle m'a demandé notre adresse. Rien de plus.

– S'ils disent non ?

– Suzie ! Chaque chose en son temps, veux-tu ? Au lieu de te morfondre, va donc me chercher ma trousse de maquillage. Je veux pas avoir l'air d'un zombi quand ils vont arriver. J'ai les cernes qui me descendent jusqu'au nombril !

Mon rire est instantané. Craignant de la froisser, je serre les lèvres pour en minimiser l'effet. Je suis soulagée de la voir rire elle aussi. Elle est plus légère depuis qu'elle m'a parlé. Un peu plus et elle s'envolerait dans le ciel jaune serin de la cuisine. Linda a raison : elle a fait tout ce qui était de son ressort. Le reste, c'est l'avenir et l'avenir, on ne le contrôle pas. Je devrais le savoir.

Je file à l'étage avec la ferme intention de lui rendre justice. En y pensant bien, j'ai dépeint Linda de façon trop négative lors de mon séjour à Montréal. Elle n'est plus la jeune écervelée contre qui ils ont intenté un procès quatorze ans plus tôt. De l'eau a coulé sous les ponts, les hivers se sont enchaînés. Comme le bon vin, Linda s'est raffinée au fil des ans. Je le jure, elle sera belle pour leur visite. Il me faut aussi téléphoner à Esther et annuler notre sortie. Dois-je lui dire la vérité ou prétexter un début de grippe ? Où serai-je l'été prochain ? Linda nous aura-t-elle quittées avant le solstice de juin ? Et s'ils refusent, je resterai ici avec Solange. Esther aura paniqué pour rien. Non, je vais attendre. Pour une fois, un début de grippe fera l'affaire.

Chapitre IV

MIDI TRENTE, la voiture se gare dans l'entrée. La rutilante BMW tranche rapidement avec notre maison malmenée par le dernier hiver. Sur la galerie, Linda me tient par l'épaule pour pallier son épuisement mais ça, ils n'ont pas à le savoir. Pas toute de suite, à tout le moins. Linda me sourit discrètement. Son maquillage n'a rien de subtil, toutefois je n'ai pas failli à la tâche : les cernes disgracieux ont presque entièrement disparu.Nous avançons jusqu'au perron pour les accueillir.

Marie-Paule descend la première. Antoine ne tarde pas à la rejoindre en glissant son trousseau de clefs dans ses poches de pantalon laine bleu marine. Ils me sourient. Des embrassades cordiales seraient de mise mais, par loyauté, je demeure à proximité de Linda. Un large sourire fera l'affaire.

– Bonjour, Suzie.

Marie-Paule est gracieuse. Magnifique devrais-je dire. Ses cheveux sont différents. Plus longs derrière et des accroche-cœurs ornent ses tempes. Ça la rajeunit. Son maquillage s'agence avec ses vêtements judicieusement sélectionnés. Sous son manteau, je distingue un chemisier en soie rouge, sa jupe est... Stop ! Mon cerveau a la densité d'une guimauve ou quoi ? Je veux rendre justice à Linda, pas la couler en direct ! Je récapitule depuis leur sortie de la voiture. En observant Marie-Paule de plus près, je n'aime pas ses souliers bruns. Mal assortis à sa jupe. Oui, les chaussures sont un mauvais choix. Bourgogne aurait été idéal. Et, tout compte fait, sa coupe de cheveux n'est pas appropriée pour son âge. Un peu tard pour jouer les midinettes ! Je devrais lui dire : « Continue sur cette voie, ma vieille, et tu seras la première en lice chez le chirurgien esthétique ! ». Je n'ai pas fini de l'appeler Barbie, celle-là ! Quant à Antoine, il est moins élégant sans sa moustache. Et les quelques kilos supplémentaires bourrant sa taille lui donnent des airs de Yogi l'ours. C'est lui qu'on va opérer d'urgence pour lui ramoner les artères ! À bien y penser, Linda n'a rien à craindre en leur présence. Néanmoins, je m'efforce d'être polie en les accueillant.

– Vous avez dû trouver la route pas mal longue ?

– C'est tellement beau. Vous vivez dans un beau coin de pays, répond Marie-Paule en s'approchant pour les poignées de main officielles.

Linda les invite à entrer sous les glapissements des trois inséparables cabots de Solange qui les encerclent comme des piranhas.

– Tu nous avais pas dit que vous aviez autant de chiens, remarque Antoine.

J'hésite avant de mentionner Solange mais, d'emblée, Linda joue franc jeu :

– Ils sont à ma sœur, Solange. Elle vit avec nous, maintenant.

Ce « maintenant » devrait suffire à piquer leur curiosité s'ils n'ont pas déjà une idée de la situation.

– Princesse, Loulou, Rose, dans la cuisine !

Ils savent bien que l'ordre ne vient pas de Solange, leur maîtresse aussi malléable qu'une motte d'argile. La tête basse, elles battent en retraite vers la pièce voisine pendant que nous avançons vers le salon. La démarche de Linda est singulière. De gauche à droite, elle chancelle légèrement comme un roseau balance sous la force des vents.

– Ça va, maman ?

– Oui, oui, ma belle.

La maladie de Linda crève les yeux. Ils manquent nettement de perspicacité s'ils n'ont rien deviné. Néanmoins, ils restent muets comme les personnages d'un film des années vingt. Pour détendre l'atmosphère, j'offre le café et des petits biscuits secs. Ils s'en tiennent au café. Je file vers la cuisine d'où je les entends émettre des banalités sur la vie.

– Suzie nous a dit que vous êtes coiffeuse…

L'emploi du passé serait plus adéquat, mais pourquoi me soucier des temps de verbe, j'ai toujours détesté la grammaire.

– Oui, je travaillais sur la rue principale.

Antoine enchaîne et parle d'un collègue possédant un chalet dans la région. C'est navrant, ils n'ont rien à se dire. Comment cela se terminera-t-il ? S'ils refusaient de m'adopter une seconde fois ? Linda serait humiliée. Elle l'est sans doute déjà. Ils seront embêtés. Je me sentirai responsable. Si je pouvais prévenir ce désastre, les endormir pour l'éternité avec une pincée d'arsenic. La bouilloire chantant comme un coq bourré aux hormones chasse mes idées noires. Dieu merci, je ne serai pas la prochaine Hitchcock de ma génération.

Au salon, je m'applique et verse les boissons chaudes sans faire de dégâts. Les bobettes d'Antoine sont la dernière chose que je souhaite voir en ce moment ! Délivrée de mon rôle d'hôtesse, je reluque la place aux côtés de Marie-Paule mais, par pitié pour Linda, je m'accroupis au centre de la pièce. Entre deux mondes.

– Merci d'être venus, commence Linda.

– C'est la moindre des choses, répond Marie-Paule en déposant sa cuiller dans la soucoupe.

Le silence suivant est presque insoutenable. Pour moi à tout le moins. Linda se met à tousser, se couvre la bouche. La sueur ruisselle sur son front, ses lèvres sont de plus en plus gercées. Comme au théâtre, l'actrice est aux prises avec un blanc de mémoire.

– Suzie, peux-tu ouvrir la fenêtre s'il te plaît ? J'ai des mauvaises chaleurs des fois...

Sans rechigner, je m'exécute et lui octroie le temps nécessaire pour regrouper ses idées. Un vent frais pénètre dans le salon. Les rideaux de fausse dentelle s'élèvent dans l'espace comme des cerfs-volants dans le ciel. Linda soupire en guise de satisfaction. Cette fois, je ne prends pas de chance, je m'accroupis contre son fauteuil. Sa voix résonne de nouveau.

– Quelques jours avant que Suzie aille vous rencontrer, l'automne dernier…

L'aplomb avec lequel Linda relate nos six derniers mois me sidère. Comme un chat, on vient de lui concéder une septième vie. Elle choisit ses mots : simples et directs comme ceux d'un juge annonçant la sentence du condamné. Elle n'en a plus pour longtemps. Elle n'espère ni leur pitié, pas plus qu'elle n'exprime de remords pour ce qui a été fait par le passé. Elle ne regrette pas de m'avoir reprise. Elle m'a éduquée de son mieux mais, maintenant que la vie l'a notifiée d'une date d'expiration, le temps est venu de planifier un avenir pour sa fille. Le meilleur avenir. Je frissonne dans l'immobilité la plus totale.

– Je voulais discuter avec vous de la possibilité de…

Elle trébuche pour la première fois depuis le début de son monologue. Ah ! ce n'est pas la catastrophe, elle se redresse, se ressaisit rapidement, cependant personne n'est dupe, la cruauté du moment est intolérable.

– Je voulais vous demander de vous occuper de Suzie quand je ne serai plus là…

Un silence embarrassant règne dans la pièce. C'est pire qu'ils n'imaginaient. La surprise est totale sur leur visage. Le temps semble suspendu. Seule Princesse y voit l'occasion de tenter un retour. Tremblotante comme l'oisillon s'aventurant hors du nid, l'aînée des caniches s'avance et s'étend de tout son long pour sa dose de caresses. Je pourrais en profiter pour libérer ma rage, lui tordre le cou, me venger sur un plus faible. J'imagine mes mains pleines de sang. On m'appellerait l'éventreur de caniches. Ignorant mes pulsions sanguinaires, Princesse en rajoute et expose son ventre rosé. Ce que j'aimerais posséder son culot. Briser ce silence humiliant qui perdure, les implorer de me tirer du pétrin, de m'aimer sans condition. Sans doute réfléchissent-ils aux coûts astronomiques d'un tel engagement. Nous ne sommes pas riches. Ils savent que je ne déballerai pas une valise remplie d'écus à mon arrivée. À moins que ce ne soit l'incongruité de la demande. Ils ne veulent pas briser leur vie de couple, hypothéquer leur liberté pour s'occuper de moi.

– Vous voudriez qu'on adopte Suzie ?

Le ton de Marie-Paule est exempt de mesquinerie. Elle veut simplement s'assurer d'avoir compris les enjeux. Ils ont déjà croisé le fer avec cette femme après tout. Ils l'ont vue se battre sur les bancs du Palais de justice pour me reprendre. La prudence est de rigueur.

– Oui… c'est ma proposition.

Nouveau silence. Marie-Paule cogite, droite comme un i sur la causeuse. Antoine est plus nerveux, sa jambe bouge, monte et descend comme s'il battait la mesure. Ils vont refuser. Se justifier, prétendre que c'est de la folie, qu'il est trop tard. Leur silence me vrille les tempes, c'est mon point d'ébullition, je me lève d'un trait.

– Excusez-moi. J'aime mieux vous laisser discuter.

Linda ne me retient pas. J'enjambe l'escalier et cours me réfugier dans ma chambre. J'ai besoin de refroidir mes sens, reprendre mon souffle. En automate, j'applique des écouteurs sur mes oreilles et sélectionne minutieusement ma plage favorite. Surgit la voix d'Alanis Morissette :

That I would be good even if I did nothing

That I would be good even I got the thumbs down.

C'est fou ce qu'une chanson peut vous chavirer le cœur, jusqu'où elle peut vous conduire, vous porter comme si la chanteuse s'était inspirée de votre vie pour écrire son texte. Dans le dictionnaire, j'ai vérifié tous les mots anglais dont j'ignorais le sens. Je voulais tout comprendre, tout saisir. Au fil des écoutes, ses mots sont devenus les miens, je ne peux plus m'en passer. Je m'accroche à eux comme à une bouée puisque les miens ne résonnent plus. Je suis aphone. J'appuie sur la touche de répétition. Encore et encore...

En définitive, ils ont demandé du temps pour réfléchir. Pas longtemps. Ni une semaine ni même une journée. Quelques heures au resto du village ont suffi à leur délibération. À leur retour, Marie-Paule est montée pour frapper à ma porte. En découvrant le minuscule sourire accroché à ses lèvres, j'ai présumé de leur réponse. C'est en l'accompagnant au salon que j'en ai eu la confirmation.

– Quand le temps sera venu, ça nous fera honneur de recevoir Suzie, a dit Antoine avec beaucoup d'humilité.

Linda les a remerciés. Je n'ai pas su si je devais éclater de joie, applaudir ou me mettre à pleurer. Je me suis contentée de les remercier à mon tour en forçant mon sourire. Le reste est sans importance : des ententes techniques et légales, un acte notarié, des souhaits. Hebdomadairement, Marie-Paule a téléphoné pour s'enquérir de l'état de Linda, me réitérer leur soutien mais, dans l'ensemble, ils sont demeurés plutôt discrets. Ce que nous avons apprécié. Quant à Esther, j'ai attendu quelques jours avant de lui annoncer mon départ définitif.

Les choses ne furent pas aussi pénibles qu'anticipé. Ce fut triste, je ne peux le nier, mais pas la désolation. Après tout, j'allais quitter le village, pas rejoindre Linda au cimetière. Il nous fallait relativiser cette situation. Ce que nous avons fait. Nous en avions fait, du chemin, depuis la découverte de mon adoption, l'automne dernier ! Toutes deux venions de traverser un tel condensé de vie, une sorte de préparation physique et mentale digne du marathonien. Pas étonnant de nous voir franchir la ligne de départ en si bonne forme.

– Je vais pouvoir t'appeler les dimanches. Marie-Paule me l'a promis.

– Oui, on va se téléphoner. Ça va être correct.

Oui, nous avons été des plus raisonnables. Tout comme Solange qui, après l'incident, étouffa son amertume pour redevenir l'infirmière dévouée auprès de sa sœur. Il n'y a plus eu d'engueulades à la maison, ni même de gros mots à l'endroit des caniches. La vie a suivi son cours comme un ruisseau serpente le long des berges pour rejoindre le lac.

Comme prévu, les bonnes journées de Linda se sont espacées pour se faire rares, puis inexistantes. Esther n'a pas interrompu ses visites mais a cessé de relater les potins du village. Il suffisait de voir le corps de Linda fondre à vue d'œil pour comprendre que le rire n'avait plus sa place à la maison.

Un dimanche, alors que Solange priait à l'église, Esther et sa mère se sont présentées à l'improviste. Difficile de décrire combien ça m'a fait plaisir. Comme si, en présence de Rachel, il m'était possible de redevenir une fille de mon âge, sans toutes les responsabilités. Leur visite ramena aussi un peu de rose sur les joues de Linda.

– C'est toi, Rachel…

– Bien oui, c'est moi. J'avais des nouvelles d'Esther mais je voulais venir te voir. En personne.

– J'ai changé, hein ? C'est pas des farces, j'ai l'air d'une petite Africaine.

Rachel n'a pas nié. Elle s'est contentée d'éponger le front de Linda en prenant la serviette sur la table de nuit. Linda ronronna comme un chat pelotonné sur le ventre de sa maîtresse après une chasse intense. La bonté émanant du visage de Rachel me sidéra. Mes efforts conjugués à ceux de Solange ne parvenaient pas à la cheville de la force qui émanait de son visage. Rachel cajolait ma mère comme sa propre fille.

– Tes yeux sont toujours aussi beaux, par exemple.

Rachel ne mentait pas. Certes, les yeux bleus de Linda étaient moins éclatants, mais ils n'avaient rien perdu de leur beauté.

– Ta fille a les mêmes yeux, elle est chanceuse.

Linda me chercha dans la pièce en acquiesçant.

– Ma belle fille, oui…

Malgré son sourire plein de tendresse, son regard m'assassinait. Linda me dévisageait comme un animal blessé implorant le chasseur de ne pas l'achever. Elle ne se résignait pas à me laisser. À mes côtés, tout aussi bouleversée, Esther regardait fixement le plancher, comme une élève en punition. Une larme s'écrasa sur le cuir noir de ses souliers. Je l'ai vue. J'ai serré les lèvres pour ne pas l'imiter. Mme Tremblay est venue à notre rescousse.

– Ils annoncent du beau temps, il va faire plus chaud. Ça va nous faire du bien.

– Pauvre Rachel, c'est pas maintenant que je vais commencer à me fier à la météo !

Après les rires, Linda a loué les bons soins de Solange avant d'évoquer mes parents adoptifs.

– C'est du bon monde. Ils ont l'air bien.

Elle les a vantés, comme s'il était nécessaire de se déculpabiliser aux yeux de Rachel. Sentir qu'elle aussi aurait pris la même décision.

– Elle va être bien, inquiète-toi pas.

Linda sembla apaisée. Rachel lui demanda ensuite ce qui lui ferait plaisir. Linda réfléchit un instant avant de répondre comme une petite fille certaine qu'on lui refusera la lune :

– C'est fou mais… un bon bain. Me semble que ça me ferait du bien. À cause de son mal de dos, Solange me lave à la débarbouille…

– Un bon bain, répéta Rachel sans même remettre l'idée en question. Elle claqua des mains pour nous tirer de notre torpeur.

– Les filles, je vais avoir besoin de vous autres.

J'ai pensé feindre un évanouissement ou pire, crier au feu pour éviter la suite. Je ne voulais pas la voir nue, pas dans cet état. Ce n'était pas la dernière image que je voulais conserver de son corps. Pourtant je fus incapable de désobéir à Mme Tremblay. Nous avons obtempéré comme de fidèles brebis : à gauche, à droite, une serviette, vérifier la température de l'eau. Rachel retira la couche de Linda pendant que je la soutenais par-derrière. Combien de fois Solange s'était-elle résignée à changer les draps souillés avant de la considérer comme un bébé ? Une odeur fétide d'urine flottait dans la pièce. Esther détourna les yeux pendant que je jetais la couche dans un sac en plastique. Et je l'ai vue. Nue. Ses seins jadis si ronds, si beaux, ses seins ayant allumé le désir chez tant d'hommes, avaient fondu comme un sorbet au soleil. Ils n'étaient plus qu'un amas de chair tombant et disgracieux. Tout comme le reste de son corps. J'aidai Mme Tremblay à l'asseoir dans la baignoire. Quelques poils tenaient encore devant son sexe. Rachel commença à lui verser de l'eau sur son cou, ses épaules. Linda s'exclama des dizaines de fois, reconnaissante comme si on lui faisait l'amour :

– C'est tellement bon, tellement bon...

Linda fut réinstallée dans la chambre. Elle ne s'objecta pas quand Mme Tremblay entama une prière. Je l'ai même vue articuler quelques bribes du *Je vous salue Marie*, elle qui s'était si souvent rebellée contre Solange et son maudit

Jésus. L'approche de la mort transforme les êtres. Pour le meilleur ou pour le pire ? Je ne saurais le dire, je fus incapable de trancher, la tristesse me givrant les yeux.

Mme Tremblay salua Linda et, même si elles ne se dirent pas adieu, toutes deux savaient qu'elles ne se reverraient plus. Après leur départ, je me suis enfermée dans la salle de bains pour scruter la glace comme je le faisais quand j'étais petite. Je répondais alors aux questions des journalistes venus me rencontrer. J'étais tantôt danseuse, actrice, première ministre ; l'espoir m'habitait, puissant tel un arbre tentant d'atteindre le ciel. Ce jour-là, les journalistes brillèrent par leur absence, je n'ai pas répondu à leurs questions. Pas de commentaires ! Je me suis plutôt demandé si l'espoir était sorti de ma vie à tout jamais et comment je parviendrais à vivre sans Linda. Confuse, j'ai laissé couler l'eau du robinet. Le ciel venait de tomber encore plus bas. L'avenir me semblait si prévisible : rien n'arrêterait la mort. Son parfum était partout. Son carrosse approchait de la maison. Elle viendrait.

Et Elle est venue…

Chapitre V

À MON ENTRÉE dans la chambre, Linda ne se tourne pas comme elle a l'habitude de le faire. Assise à ses côtés, Solange lui tient la main en récitant une prière. En m'avançant, je cherche un signe de respiration sous les couvertures, mais rien ne bouge. Les draps sont immobiles. Tout comme ses yeux. C'est en lui serrant la main que s'évapore tout espoir. Sa main est froide comme l'hiver. Nous sommes pourtant en juin. Sur son visage, seules les traces de sa longue agonie subsistent. Sa peau est blafarde, ses joues creuses, ses lèvres exsangues et gercées.

Elle dormait ce matin. Je n'ai pas voulu la déranger. Elle ne m'a pas attendue. Je n'entendrai plus le timbre de sa voix. Elle ne pourra plus s'asseoir sur la galerie. Je ne pourrai jamais lui dire au revoir. En silence, je hurle comme le loup. Je veux courir, m'enfuir, mais la chambre est une cage. Je cherche une issue secrète, je scrute les murs, je prie à mon tour. Désespérée, j'invoque son âme, la supplie d'apparaître une dernière fois. Le miracle ne se produit pas. Il n'y a que la main de Solange maintenant posée sur mon épaule. Pas un son ne vient perturber le silence. Pas même celui de mon chagrin tambourinant maintenant dans tous les replis de mon corps.

Sous les couvertures, Linda ne porte plus son nom. Je ne crois plus être sortie de son ventre. Cette femme n'a jamais été ma mère. J'éloigne ma main pour me dissocier d'elle. Je ferme les yeux pour la retrouver. Ailleurs. J'ai besoin de la retrouver. Une dernière fois...

Chapitre VI

AUTRE quartier, nouveaux paysages, nouvelle demeure, d'autres odeurs. À l'intérieur, les murs abritent de nouveaux décors, de nouveaux meubles, de nouvelles teintes. Ici, les planchers de bois ne craquent pas car ils sont recouverts de tapis orientaux. Un long escalier en bois soigneusement travaillé me conduit à ma chambre. Une chambre plus spacieuse avec son grand lit en érable et sa garde-robe faisant presque le double de mon ancien repaire ! Des rideaux imprimés dans des tons de vert habillent la fenêtre surplombant le jardin en fleurs. Quand il fait soleil, je m'y rends et m'assois pour dorer mon teint accompagnée de Socrate, mon nouveau chien. Tous deux, nous humons les odeurs que déplace le vent. Les yeux fermés, j'essaie de les apprivoiser, m'enraciner dans cet environnement comme un vieil arbre. J'ai aussi de nouvelles clefs que je ne dois pas oublier : pour la maison, mon vélo, le garage. C'est ma nouvelle vie.

Il faut dire que l'ancienne n'a pas fait de caprices. Quatre valises ont suffi à la trimballer jusqu'à Outremont. Des vêtements, des photos, ma collection de loups soigneusement enveloppée dans du papier journal, une bague de Linda, son dc de Dalida, un mot d'Esther, et le tour était joué. Bon, ce ne fut pas aussi simple, j'aurais pu remplir un camion de souvenirs mais, comme chacun des objets me soudait au passé, j'en ai eu assez de pleurer dix fois par jour. Je m'en suis tenue au strict minimum. Comme le dit l'expression, j'ai préféré repartir à zéro.

Tante Solange a eu pour mission de liquider nos effets. S'il reste de l'argent après la vente de la maison — improbable étant donné son état lamentable et l'hypothèque —, le tout serait placé dans un compte en attendant ma majorité. Mais ça m'importe peu, j'ai autre chose en tête.

J'ai apprécié de pouvoir décorer ma chambre selon mes goûts. En fait, l'attitude de Marie-Paule et d'Antoine fut exemplaire. La pièce était vide à mon arrivée, évitant d'emblée les séances manipulatrices du genre :

– On a laissé la chambre comme elle était. Tu gardes ce qui fait ton affaire.

Pourtant, chaque changement déclenche une série de regards insatisfaits et débute la ronde de négociation : l'enfer ! Non, hormis le matelas fort convenable, nous avons tout acheté en quelques jours. Le magasinage se déroula sans heurts. J'ai senti un peu de tension au moment de choisir mes couleurs un peu trop vives aux goûts d'Antoine — un bleu très foncé pour les murs et de l'orangé pour les moulures —, mais il se plia à mes désirs. Le pauvre peignit jusqu'aux petites heures du matin pour que je puisse emménager au plus vite. Personnellement, j'étais satisfaite des résultats après deux couches, mais ce n'était pas l'avis du réputé cardiologue ! Trois couches furent nécessaires afin que mon décor ne jure pas avec le reste de la maison ! Perfectionniste comme il est, je suis soulagée de ne pas le voir se pointer dans ma salle de bains où c'est déjà le bordel. Ça m'a fait drôle d'entendre Marie-Paule me dire que j'en aurais l'exclusivité :

– Comme pour ta chambre, t'en fais ce que tu veux. Toutefois, pour le reste de la maison, on suit les règles…

Des règles normales : ce que je prends, je le range. À l'occasion, je dois faire preuve d'initiatives, genre vider le lave-vaisselle ou noter les messages si je réponds au téléphone. Rien d'excessif, pas d'abus de pouvoir. Mais malgré tous leurs efforts pour faciliter mon adaptation, il m'arrive encore de douter, mon environnement me semble si irréel, fabriqué comme une sculpture en papier mâché. Je crains de me réveiller, de me pincer et de voir ma nouvelle vie s'écrouler comme un château de cartes. Rien n'est simple. Si je veux me rendre jusqu'au frigo, la nuit, c'est la panique, je ne distingue rien. L'autre soir, j'ai failli débouler l'escalier en marchant sur Socrate. Il a hurlé, tout le monde s'est levé. La honte totale ! Aux Éboulements, j'aurais pu retrouver mon chemin les yeux bandés tant chaque recoin de la maison était inscrit dans ma mémoire. Ici, je suis le Petit Poucet égaré dans les bois. Je ne blâme personne cependant, ce n'est la faute de personne ; qu'un constat.

Bientôt, le premier juillet. J'ai du mal à déterminer si le temps s'écoule rapidement ou non. Il passe, voilà tout. Je me lève le matin, me couche le soir, comme le soleil passe de l'est à l'ouest. Mon corps me conduit, jour après jour. Parfois, je rechute et, comme une radio mal syntonisée, je rejoue des passages de l'autre vie : mon enfance, mes pique-niques avec Esther, la polyvalente, le marguillier refermant le cercueil de Linda. Toutefois, le brouillage ne dure pas, je coupe le contact pour enrayer les crises de larmes. C'est mon choix.

Pour être franche, hormis ces moments d'angoisse et de tristesse, ma vie outremontaise se déroule bien. Vraiment. Je ne suis pas si déprimée. Je mange avec plus d'appétit, j'écoute de la musique, regarde la télé dans ma chambre, j'ai de l'argent de poche, je parle à mes nouveaux tuteurs sans m'exaspérer et, surtout, je ne sens pas leur volonté de devenir mes amis à tout prix. Même à l'instant, quand Marie-Paule me propose d'apprendre la musique, je ne sens pas son envie de me transformer en une Marie-Paule numéro deux !

– Je suis en congé de l'orchestre tout juillet, j'aurais du temps pour te donner des leçons. Si t'en as envie…

Je passe à un cheveu d'accepter sur-le-champ, mais mon manque de connaissances musicales tempère mes ardeurs. Je ne saurais quel instrument choisir. Ce n'est certainement pas les stupides leçons de flûte à bec reçues en quatrième année qui vont m'éclairer. Notre professeur, « Lisette la grippette », avait du mal à pousser cinq notes sans qu'on la croie atteinte de la maladie de Parkinson, Non, inutile de me montrer plus ignorante que je ne le suis. M-P. est quand même chef d'orchestre :

– C'est gentil, je vais y penser…

Sans lui en glisser mot, je monte à ma chambre en empruntant l'annuaire du téléphone. Une heure plus tard, je verrouille ma bicyclette hybride devant le magasin d'instruments Brunetta. Personne n'apparaît malgré le carillon qui retentit. Au premier coup d'œil, c'est impressionnant. Les instruments à vent brillent de l'autre côté des vitrines. Il y en a partout. Je les observe comme si j'espérais qu'ils se mettent à jouer un concerto. Une autre voix m'interpelle :

– Voyons, Suzie ! Essaie pas de péter plus haut que le trou. Tu seras jamais capable de jouer !

Mon amie Infériorité se penche confortablement sur mon épaule, sa nouvelle demeure. Nous avons fait plus ample connaissance quelques jours après la mort de Linda. Elle ne me quitte plus et aime me rappeler que je ne suis rien, ne connais rien. Et même si je fais tout pour l'ignorer, je suis sur le point de lui donner raison. Il y a trop d'instruments. Certains dont j'ignore même le nom ! Des trous, des embouchures, des touches. Je n'ai pas encore ouvert la bouche et j'en suis étourdie. J'en conclus à un manque incurable de talent. Infériorité a raison. Je vais refuser l'offre de Marie-Paule. Ainsi, personne ne perdra son temps. Le temps, c'est de l'argent, à ce qu'il paraît.

J'amorce ma sortie quand le vendeur, un petit homme aux cheveux noirs comme le charbon, m'aborde en sortant de son bureau :

– Je peux vous aider ?

Son accent est prononcé. Il ajoute un accent aigu sur les E et ses U qui résonnent comme le vent d'hiver sifflant sur les vitres. Sans être spécialiste en langues, je miserais sur une nationalité espagnole ou portugaise. Enfin, avant qu'il ne s'approche trop, je confirme mon départ.

– Vous n'avez pas trouvé ce que vous cherchiez ?

Pourquoi insiste-t-il ? Je n'achèterai rien, « nada », « no acheta », je pars !

– Tu joues d'un instrument ?

Je déteste la musique, voilà ce que je devrais lui répondre. Je hausse les épaules, soupire :

– Non... En fait, ma mère... je veux dire Marie-Paule m'a proposé d'en choisir un mais, comme je connais rien, j'ai pensé venir voir sauf que je pense pas avoir le talent qu'il faut. Ç'a l'air trop difficile.

Ça le fait rire aux éclats. Macho ! Voilà ce qu'il est. Un phallocrate de la pire espèce.

– Les instruments, c'est comme l'ordinateur. La première fois que tu le touches, tu veux t'arracher les cheveux mais après quelques heures, c'est un jeu d'enfant ! « Piece of cake », comme disent les Américains.

– Pour moi, vous êtes payé à la commission, vous ! Tout le monde dit que c'est difficile.

– Il faut pas toujours croire ce que les gens disent.

Il me regarde fixement, comme s'il essayait de plonger dans mon regard. Je ne sais plus où me cacher.

– Avec les yeux que tu as, je m'inquiéterais pas pour ton talent. Tu as les yeux de l'intelligence, toi...

Je rougis comme une pomme à la fin de l'été. Infériorité en profite :

– Suzie, après dix secondes, le voilà en train de t'accorder un 150 de quotient intellectuel ! Il ne te connaît pas ! Tu ne vas quand même pas le croire.

Elle a raison, c'est ridicule. Comme si on pouvait détecter le talent en regardant les yeux d'autrui. Sa seule préoccupation, c'est de me voir passer à la caisse. Toucher sa commission.

– Tu es pressée ?

Invente n'importe quoi : Antoine t'attend à l'hôpital, une éclipse du soleil, tes menstruations te mènent la vie dure mais pars, ne le laisse pas t'emberlificoter de la sorte, me répète Infériorité. J'indique à mon cerveau de répondre oui, en vain. Voilà qu'une nouvelle venue monte sur le ring et assène un puissant coup droit au visage d'Infériorité. Le souffle coupé, mon amie présumée bascule et disparaît. Knock-out ! Vanité, qui prend maintenant toute la place, exécute une danse du ventre sur l'autre épaule :

– Et s'il avait raison ? Si cet homme était doué pour la détection de talent ? me souffle-t-elle à l'oreille d'une voix langoureuse. Tu le regretterais ! Lui accorder quelques minutes ne va pas te tuer. Allez ! Dis oui. Après tout, c'est pour choisir un instrument que tu t'es déplacée jusqu'ici.

Le pouvoir de persuasion de Vanité est ahurissant. Me voilà en train de répondre que j'ai du temps devant moi.

– Ça tombe bien, les clients : pchou ! disparu ! ajoute-t-il en claquant les doigts comme un magicien soucieux d'épater ses admirateurs. Et le patron est en vacances ! Je vais te montrer…

Je me demande s'il n'est pas simplement maboul tant sa façon de parler est exagérée. Ce n'est pas son accent, non, mais pour décrire les instruments, il utilise les termes : personnalité, tempérament comme s'il s'agissait d'humains. Un peu comme Solange le faisait avec ses caniches. Néanmoins, son charme et son magnétisme opèrent et marquent des points. Peu à peu, sa singularité me gagne. Ma curiosité est totale quand il m'offre de se transformer en homme orchestre.

– Je ne joue pas très bien, mais ça va te donner une idée de leur voix ! Mademoiselle… ? Vous ne m'avez pas encore dit votre nom.

– Marilou.

Ce n'est pas prémédité, je le jure ! Je ne veux pas mentir. Non, le prénom s'échappe de ma bouche comme le loup profite de l'inattention de son gardien pour s'enfuir du zoo. Après tout, j'ai porté ce prénom durant près de trois ans. Marie-Paule et Antoine l'avaient choisi pour moi. De retour avec eux, il est sans doute normal de voir mon subconscient essayer de le réhabiliter.

– Marilou, c'est un joli nom pour une jolie demoiselle.

Ça l'amuse de me voir rougir davantage !

– Moi, c'est Manuel. Manuel pour vous servir…

Les uns après les autres, il souffle dans les instruments, les fait résonner avec une facilité désarmante, comme s'il enfilait une paire de gants. Moi qui jongle encore mentalement pour retenir leurs noms : hautbois, trombone, tuba, cor. Il profite des changements d'instruments pour ajouter des précisions, un commentaire, une anecdote pouvant m'éclairer dans mon choix. Je suis, certes, époustouflée par ses habiletés techniques, pourtant, je suis forcée de reconnaître que les sons entendus jusque-là me laissent froide comme un iceberg. Je les trouve tantôt criards, cacophoniques, anti-musicaux même ! Pas de quoi m'éloigner du téléviseur pour répéter durant des heures. Mais, quand il s'empare du saxophone, quelque chose se produit. Pour employer son expression, dès les premières mesures, je me mets à vibrer. Le timbre plein et riche de l'instrument en cuivre, son allure rock'n'roll et sexy m'inspirent. En sa compagnie, j'aurais l'impression de pouvoir me défouler, sortir le méchant comme on dit ! Fébrile, je commence à croire en mon avenir musical. Je rêve de jouer comme lui.

– C'est très bien, le saxophone, sauf qu'il en reste un dernier. J'aime donner la chance à tout le monde. Je suis comme une maman laissant la chance à tous ses enfants !

Sa comparaison est bête et ennuyeuse. Néanmoins, polie et reconnaissante, je le laisse poursuivre sa démonstration. Au premier coup d'œil, la flûte traversière m'apparaît franchement conservatrice. Plus petite, moins prestigieuse, moins *glamour* que mon saxophone. Et, si elle sonne comme la flûte à bec, je serai fière de la reléguer au dernier rang de mon palmarès. En secret, je compte les secondes me séparant de ma sortie pendant qu'il remue ses lèvres comme le font les dames pour bien étendre leur rouge. Son diaphragme se gonfle, il la plante sur le menton et la musique surgit. Douce et surprenante. À l'opposé du saxophone, c'est moelleux comme des boules de coton. J'oublie mon décompte, plus rien ne presse. Je suis subjuguée par l'agilité de ses doigts qui virevoltent comme des libellules le long du tube. J'essaie de comprendre la source de cette sonorité. Ce n'est pourtant qu'un bout de métal. On dirait des cristaux s'échappant du tuyau argenté tant elle évoque ma représentation de la pureté. C'est magique.

Quand j'ouvre les yeux, Manuel affiche la fébrilité d'un Cyrano sur le point de révéler être l'auteur de lettres anonymes :

– Maintenant que j'ai terminé, je peux te le dire. C'est mon instrument préféré. C'est grâce à la flûte si j'ai rencontré ma femme, Anna. Je jouais dans un petit restaurant, elle est venue me féliciter. Vingt ans plus tard, nous sommes toujours ensemble.

Moi aussi, j'aurais pu tomber amoureuse de lui s'il avait mon âge.

– Mais tu as raison, le saxophone, c'est très beau, c'est plus jeune.

Je ne renvoie pas le saxophone aux oubliettes, mais la flûte s'est imposée comme un concurrent sérieux. Alors que je m'apprête à lui poser une question, un client fait irruption dans le magasin. Je lui promets de réfléchir afin de prendre la bonne décision.

– La musique, c'est la vie, termine-t-il en me lançant son plus beau clin d'œil.

En pédalant, rue Van Horne, je me sens légère comme il ne m'a pas été donné de l'être depuis longtemps. Le vent glisse sur ma peau, caresse mes cheveux, mon visage, mon front. J'ai le sentiment de pouvoir m'envoler, défier la gravité. Audacieuse, je retire mes mains du guidon pour lever les bras vers le ciel. Je file droit devant, un sourire accroché aux lèvres. À l'instant, la musique de Manuel se ravive dans mon esprit. Je me sens libre, si légère. La complexité du monde n'existe plus. Il y a les lettres de l'alphabet, des rues, des saisons. Le doute ne fait plus partie de mon existence, je connais par cœur toutes les lois physiques et chimiques. Je les applique sans me tromper. Ma réponse est identique à celle du corrigé. Le bonheur existe, je le sens, je veux le croire. Pourtant, comme si je venais de prononcer un mot défendu, mon esprit se brouille. Mon bonheur coule à pic, comme des grains de sable dans le sablier. Infériorité réapparaît. Si la musique, c'est la vie, que fait Manuel dans cette boutique ? Pourquoi n'est-il pas devenu un musicien reconnu ou un chef d'orchestre comme Marie-Paule ? Avec son charme et son talent, il aurait pu faire le tour du monde, non ? Et s'il était de la même race que Linda ?

Celle des perdants ? Celle des sacrifiés qui n'obtiennent jamais ce qu'ils désirent ? Linda n'avait jamais possédé son salon de coiffure rêvé, ce lieu louangé par toutes les stars de la télévision. Non, toute sa vie elle avait peiné pour des employeurs ingrats qui n'ont pas reconnu son talent, comme Manuel passera le reste de ses jours dans cette boutique. Et si c'était la faute d'un mauvais sort ? Certains individus plient sous son joug, d'autres décrochent une passe illimitée sur le vol de la chance. Facile d'imaginer dans quel avion je me trouve. Je suis le pissenlit, cette fleur bâtarde condamnée à disparaître sous les lames de la tondeuse ! Soudain, des klaxons suivis de crissements de pneus s'élèvent et me ramènent à la réalité. Je freine ! Pour éviter la chute, j'agrippe fermement le guidon. Le pare-chocs de la voiture s'immobilise à quelques millimètres de ma cuisse. Cataleptique, j'ai du mal à tenir debout.

– Regarde où tu vas, idiote !

Au volant d'une Beetle rouge, un jeune homme aux longs favoris décline sa liste d'injures en appuyant sur l'accélérateur. Nouveaux crissements, la voiture tourne le coin et disparaît au bout de la rue. Infériorité m'irradie l'hémisphère gauche de culpabilité. Elle a raison. Le feu était rouge ! Où avais-je la tête ? Suis-je incapable de regarder droit devant ? J'essaie de relativiser, me répéter qu'il s'agissait d'un simple accident, c'est sans succès. L'idée du mauvais sort jeté sur mon patronyme m'apparaît maintenant comme une évidence scientifique. N'est-ce pas ce qui se produit depuis ma naissance ? Une accumulation d'accidents, de drames dont je suis la victime ? Et même si les choses semblent s'améliorer depuis mon arrivée à Outremont, mon bonheur ne durera pas. Je suis génétiquement vouée au malheur et apprendre à jouer d'un instrument de musique n'y changera rien. Voilà ce que je dois conclure de ce quasi-accident. C'est un avertissement, je dois demeurer sur mes gardes. Comment vivre dans la peur la plus totale ? Mon corps est tendu comme la corde d'un arc. Je vais me rompre, me pulvériser comme un de mes loups en verre. Quatorze ans et je suis déjà si fatiguée.

Incapable de reprendre la route dans cet état, j'avise un banc, non loin de l'intersection. Assise, je regarde droit devant moi. Je me rejoue la scène à rebours. J'en invente d'autres. Des pires. Du sang aurait giclé de mon crâne pour colorer l'asphalte. Ma mort. En une fraction de seconde, j'aurais quitté mon corps pour rejoindre Linda et les autres perdants dans l'au-delà. Combien de temps avant que ce ne soit mon tour ? Pourrai-je repousser ma fin encore longtemps ?

Heureusement, le soleil n'est pas avare aujourd'hui, il me réchauffe sans se soucier de ma condition de condamnée. J'étire les bras et pointe les mains vers le ciel. J'écartèle mes doigts comme si je voulais attraper la lumière. J'expire bruyamment plusieurs fois. Mes épaules se détendent. Les tremblements s'estompent jusqu'à disparaître. Et si c'est simplement l'effet de la peur qui me fait paniquer ainsi ? La peur aussi pure qu'un lingot d'or ? Linda me répétait souvent que je dramatisais trop :

– T'es tellement dramatique, des fois. Une vraie actrice !

Incapable de trancher, je choisis de rentrer en poussant mon vélo.

Il m'a fallu deux jours pour recharger mon niveau de confiance. Je n'en ai toujours pas en réserve, je ne m'envolerais pas sur la lune comme un valeureux astronaute sauf que, cet après-midi, il m'est possible d'envisager mon futur avec un soupçon de sérénité. Et si le mauvais sort s'est donné pour mission de me gâcher l'existence, il n'a qu'à bien se tenir, je vais lui montrer de quoi je suis capable. J'ai un plan.

Dans le bureau, Marie-Paule s'affaire à payer les dernières factures. Elle porte des lunettes à monture d'écaille rouge qui lui donnent des airs de présidente de compagnie. Je frappe et promets d'être brève. Je veux simplement lui offrir de préparer le repas du soir. Ma demande l'étonne :

– Tu fais déjà ta part, Suzie, c'est pas nécessaire.

– Je sais sauf que... je le faisais aux Éboulements. Ça me ferait plaisir. Vraiment.

Bien sûr, ma requête n'est pas aussi anodine que je ne le prétends, mais le moment n'est pas encore venu de révéler le fond de ma pensée. Souriante, j'accepte le billet de vingt dollars qu'elle me tend et me dirige vers le marché du quartier. Au menu : un macaroni au fromage version Outremont. Rien de bien compliqué. Je substitue le piment vert par du jaune — légume vendu plus cher à l'épicerie. Le fromage tranché jaune est remplacé par du bleu que j'ai surnommé « fromage moisi bon pour les poubelles » mais, comme Antoine en raffole, ce n'est pas le moment de faire la fine gueule. J'ai une faveur à leur demander, après tout ! Quelques tomates fraîches et des épices s'ajouteront aux nouilles servies al dente.

Dans la salle à manger, je ne parlerais pas d'un succès retentissant, mais les choses se déroulent rondement. Marie-Paule termine son assiette, Antoine se sert de nouveau. Non, c'est moi qui alourdis l'atmosphère en piquant ma fourchette dans mes macaronis. Le souper tire à sa fin et, hormis quelques banalités, je n'ai encore rien dévoilé de mon plan. La lâcheté me sort par les narines !

– T'as été tranquille ces derniers jours, constate Marie-Paule comme si elle lisait dans mes pensées.

– Ouais. J'avais besoin de réfléchir...

L'alerte est sonnée, leur radar fonctionne cinq sur cinq. Quand le mot « réfléchir » s'échappe de la bouche d'un ado, il est aussi dangereux qu'une météorite s'abattant sur terre, ils le savent bien. Antoine est à un cheveu d'amorcer sa ronde de questions, de m'interroger jusqu'à ce que mort s'ensuive. Heureusement, Marie-Paule fait diversion :

– Chéri, me servirais-tu un peu de vin ?

Elle appuie sur le mot vin, ce qui signifie : « force rien, laisse-la parler ». Antoine capte vite le message et dépose la bouteille en souriant bêtement. Même Socrate me dévisage, couché sur le tapis. La balle est dans mon camp, je ne peux les faire languir davantage.

– J'ai réfléchi pour les cours de musique. Je pense accepter.

C'est vrai que je n'y mets pas beaucoup d'enthousiasme. Pas étonnant que Marie-Paule associe mon état léthargique des derniers jours à cette décision. Elle me répète que je n'y suis pas forcée. Je la rassure :

– Non, non, j'en ai envie. J'ai attendu parce que je voulais être certaine de pas lâcher si je commençais. Si l'offre tient toujours, je suis intéressée par la flûte traversière.

Marie-Paule décoche un regard suspect vers Antoine. Il hausse les épaules signifiant qu'il n'y est pour rien. J'affiche un air confus. Ce n'est pas le moment de foutre la pagaille dans le couple.

– Quoi ? C'est pas un bon choix, la flûte ? Qu'est-ce qui se passe ?

Le regard de Marie-Paule fait la navette entre nos deux visages pour s'assurer que nous ne cachons rien. Convaincue, elle précise calmement :

– La flûte était mon deuxième instrument au Conservatoire. Je pensais qu'Antoine et toi aviez comploté pour me faire plaisir. Je veux que ça vienne de toi.

– Ça vient de moi, je te le jure.

Son sourire me couvre de fierté. Guidée par Vanité, je rêve de suivre ses traces. Je jouerai de la flûte comme personne ! Ce sera mon nouveau but dans la vie. Antoine m'offre un verre de vin pour fêter cette décision. J'inscris secrètement un trait de couleur sur un tableau imaginaire : le mauvais sort et moi sommes sur un pied d'égalité ! Marie-Paule veut commencer dès le lendemain.

– Il va falloir aller t'acheter une flûte.

– Justement, j'ai vu un magasin dans les pages jaunes, Brunetta Musique…

– Je les connais mais, avec l'orchestre, on a un meilleur prix dans un magasin du centre-ville. On ira demain.

Je cache ma déception. J'aurais aimé rendre hommage à Manuel, lui laisser voir qu'il n'a pas perdu son temps, cependant je n'insiste pas et garde ma visite secrète. Ça me permet de les impressionner avec mes modestes connaissances. La communication est facile comme si la musique tissait un pont entre nous. Tout naturellement, nous débordons sur d'autres sujets. Antoine parle de son travail à l'Institut. De nouvelles techniques d'opération, des progrès exceptionnels. Trente-six heures après l'intervention, un greffé cardiaque court déjà sur un tapis roulant. Ça me renverse ! À ce qu'il paraît, la greffe de visage sera bientôt possible. Je ne parviens pas à savoir s'il blague ou non mais, en attendant, il m'offre d'assister à une simple transplantation cardiaque. Je ferme les yeux, frissonnante :

– J'ai peur du sang. Je vais m'évanouir sur place.

Ils rigolent. J'ajoute qu'Esther sauterait sur l'occasion, elle ! La dissection des grenouilles, c'était son point fort en bio. Marie-Paule me suggère de l'appeler après le repas. J'accueille favorablement l'idée. Avant, je dois jouer la dernière carte de mon jeu, la plus cruciale.

– Il y a autre chose que j'aimerais vous demander.

Cette fois, pas de signaux de détresse sur leur visage. Ils sont calmes et détendus.

– Si c'est faisable, j'aimerais ça... pouvoir reprendre... euh... le nom de Marilou.

Un ange traverse la pièce. Leur surprise est totale. Marie-Paule gagne du temps en essuyant le coin de sa bouche avec sa serviette, Antoine termine son verre.

– Ça fait longtemps que j'y pense.

– Changer de prénom. C'est une grosse décision, réplique Antoine en déposant sa coupe de vin sur la table.

– Je sais. Mais comme c'est le nom que vous m'aviez donné, ce serait peut-être pas si compliqué.

– Suzie, c'est ton nom légal. Il faut de bonnes raisons pour changer, précise Marie-Paule.

– Me semble qu'avec ce que j'ai vécu...

Ils ne peuvent tout de même pas nier mon année difficile, tous ces changements survenus, mes crises de larmes. Je tente de marquer un autre point.

– En m'appelant Marilou, j'aurais l'impression de pouvoir recommencer à neuf. Puis j'ai jamais aimé Suzie. C'est plate comme nom.

Marie-Paule dit comprendre ma requête mais craint que ce ne soit qu'un caprice, que je finisse par le regretter.

– Vous me connaissez mal.

Ma réponse est tranchante comme la lame à triple action d'un rasoir. Ils me testent, multiplient les questions, mais la discussion ne s'envenime pas. Il faut dire que je m'efforce de ne pas m'énerver. Pour nourrir le scepticisme, rien de pire qu'un témoin qui panique durant l'interrogatoire. En définitive, à court d'arguments, Antoine se tourne vers Marie-Paule comme s'il était prêt à remettre la décision entre ses mains. Elle réfléchit quelques instants avant de répondre :

– C'est vrai que la situation est exceptionnelle. On peut en parler à notre avocat, voir les implications légales.

La pensée qu'un avocat intervienne me déstabilise. Je ne suis pas une criminelle, après tout. À mon tour de douter. Et s'ils avaient raison, si c'était un caprice, des relents de ma crise d'adolescence ? Ce ne serait pas la première fois qu'elle me jouerait des tours. Changer de nom n'aura peut-être aucun effet sur tout le reste ? Ma vie est peut-être déjà gâchée à tout jamais. Comment savoir ? Comment reculer maintenant qu'ils sont si sensibles à ma cause ?

– En attendant de parler à l'avocat, vous pourriez m'appeler Marilou. Comme ça, si je m'habitue pas...

Ils ne s'offusquent pas de me voir hésiter. Marie-Paule pose sa main sur la mienne :

– OK... Marilou.

Antoine lève son verre et porte un toast :

– À Marilou !

Ma gorge se noue comme si un serpent s'enroulait autour de mon cou. Il est prémédité de nous qualifier de famille, mais c'est le moment le plus authentique depuis mon déménagement. Pudique, je porte la coupe à mes lèvres et m'apprête à les remercier pour tout ce qu'ils ont fait depuis mon arrivée. C'est le goût amer du vin qui m'en empêche. Je déglutis pour en altérer la saveur. Sans succès. L'amertume du vin me dégoûte. J'ai l'impression d'étouffer.

Peut-être suis-je allergique ? Je tente de conserver mon calme, boire de l'eau, mais ça ne donne rien, le goût est toujours aussi horrible. C'est aigre.

Aigre comme la mort de Linda. Mon bonheur se dissipe comme le courant d'air. Pourquoi me remémorer sa mort maintenant ? C'est du sabotage ou quoi ? Tout allait si bien, ils ont acquiescé à ma demande. Pourquoi suis-je en train de traverser un pont au-dessus d'une rivière ? Linda est de l'autre côté. Je veux la rejoindre mais les planches se mettent à remuer sous mes pieds. Une à une, elles tombent et disparaissent dans le courant. Linda agite les bras et me crie de ne pas l'abandonner. Je n'y arriverai pas. Je tomberai moi aussi. Je lui offre ma mine la plus désolée et recule pour sauver ma peau. Et le mirage s'évapore. Je comprends ce qui se passe. J'ai mal pour Linda. Je suis couverte de honte. Me voilà en train d'essayer de me débarrasser de sa Suzie, de m'en défaire comme d'un vulgaire canif rouillé, l'enterrer pour toujours. Je suis coupable. Coupable !

– Ça va ?

Je mets quelques secondes avant de répondre :

– C'est le vin. Je suis pas habituée.

Je ravale ma honte. Il me faut cesser d'ouvrir cette porte qui me relie au passé, la cadenasser pour toujours. Je n'ai plus la force ni le courage de traîner cette ancienne peau. C'est une question de survie. Pardonne-moi, Linda. Il me faut recommencer ma vie, maintenant.

Chapitre VII

MARILOU n'est pas encore imprimé sur ma carte d'identité mais, paraît-il, c'est une question de semaines. Ma demande a été accueillie favorablement par le ministère. En attendant le oui officiel, question de ne pas confondre tout le monde, Marie-Paule a obtenu du directeur de ma nouvelle école que je me présente sous le nom de Marilou Bergeron-Bertrand.

Après le fameux souper, j'ai mis moins d'une semaine pour applaudir ma décision. Je ne peux en expliquer les raisons psychologiques, mais Marilou résonne maintenant comme une musique à mes oreilles. Curieusement, c'est Antoine qui a mis le plus de temps à s'y faire. Je ne compte plus les fois où il s'est frappé sur la tête en m'appelant :

– Suz... Marilou, merde ! Excuse-moi.

À la blague, je répondais :

– Suzilou.

Nous croulions de rire. Aujourd'hui, la situation est claire pour tout le monde : c'est Marilou. Même Esther respecte la consigne lors de nos conversations. Il lui arrive encore d'ironiser sur le sujet, par contre, quelques jours avant le début des classes, elle m'a avoué envier ma vie à la ville.

– C'est nono, mais ça ressemble à un conte de fées.

Vraie ou fausse, cette confession m'a insufflé du courage. J'en avais besoin, la veille de franchir la porte de ma nouvelle école. En cette troisième semaine du mois d'août, ma nervosité était au plafond.

En faisant mes choix de cours, je me suis inscrite à l'option musique. J'ai donc un nouveau professeur pour poursuivre mes leçons de flûte. Je n'ai rien d'une prodige, mais je joue Haydn, Beethoven ou Tchaïkovski avec une émotion évidente au dire de Maurice, le directeur de l'option musique. Il faut dire que j'ai travaillé d'arrache-pied tout l'été pour impressionner Marie-Paule. Une heure le matin, une autre le soir. Sept jours sur sept. Et parfois, quand l'ennui était à son zénith, j'ajoutais une troisième séance en après-midi. Flûte, flûte, flûte. Mais j'ai peu de mérite, mon cercle d'amis est toujours restreint, ici.

Au plus profond de ma solitude, j'ai pensé donner de mes nouvelles à Camille et à Patricia. Je voulais les remercier de m'avoir mise sur la trace d'Antoine et Marie-Paule, un an plus tôt. C'est vrai, si Camille ne m'avait pas hébergée, si

Patricia n'avait pas eu ce contact au Palais de justice, je n'aurais jamais retrouvé mes adoptifs. De plus, je n'ai pas oublié la grossesse de Patricia. J'ai eu envie de leur offrir mes services gratuits de gardiennage pour leur prouver ma reconnaissance, mais la gêne m'a retenue au dernier moment. Esther est donc la seule avec qui je communique régulièrement.

Nous conversons les dimanches soir pour échanger les événements marquants de la semaine. La grande nouvelle, hormis mon changement de prénom, fut qu'elle s'était cassé la jambe gauche en faisait du patin à roues alignées. Le rêve de sa vie : attirer l'attention de tout le monde au village grâce à son handicap. C'est un succès ! Elle compte cent vingt-trois signatures sur son plâtre. Une vraie pétition ! En échange, j'ai trouvé triste de ne pouvoir y mettre ma griffe.

Comparé aux crises de larmes qui ont suivi les funérailles, je pleure de moins en moins. Esther et moi considérons la chose d'un bon œil. Je suis sur la bonne voie. Tout comme le sont mes rapports avec Marie-Paule. Bien qu'ils n'aient jamais frôlé la catastrophe, notre complicité s'est approfondie. J'admire sa force de caractère. Un peu comme Linda menait sa vie, elle n'a pas toujours besoin de l'approbation d'Antoine pour prendre ses décisions. Ce qui ne l'empêche pas d'user de tendresse à mon égard. Ce qui manquait souvent à Linda avant sa maladie.

Durant nos leçons de flûte, il nous est arrivé d'allonger nos pauses pour bavarder. Elle me dévoilait alors des tranches de son passé : son premier concert, son premier chagrin d'amour et, bien sûr, son coup de foudre pour Antoine à vingt ans. Tous deux militaient pour un Québec libre. Une manifestation houleuse a même conduit Antoine en prison, au grand dam de sa famille qui craignait que l'incident n'entache leur réputation de médecins de père en fils. Quant à moi, je fus loin d'être scandalisée. Ça m'a permis de modifier la perception parfois sévère que je me faisais de lui. En fait, ce qui m'a causé le plus grand émoi, et c'est embarrassant de l'avouer, ce fut de les surprendre en train de faire l'amour. Pas que je concevais la chose impossible, au contraire, mais en entendant leurs cris — sans doute parce qu'ils ne sont pas mes parents véritables —, je n'ai pas interprété leurs ébats comme quelque chose de dégoûtant. Ce que je faisais toujours avec Linda et ses amants. En me réveillant au milieu de la nuit, j'eus l'impression d'entendre la trame sonore d'un film érotique ! Et même si j'ai tout fait pour lutter, je n'ai pu résister à la tentation de longer subrepticement le mur du corridor jusqu'à leur chambre. La porte était entrouverte. À cause de la pénombre, je crus devoir me contenter de la version pour non-voyants de leurs ébats, mais mes yeux se sont peu à peu habitués à la noirceur. J'ai aperçu le corps d'Antoine étendu sur le lit. Assise sur lui, Marie-Paule ondulait le haut de son corps en émettant des gémissements de plaisir. Elle en redemandait. Encore et encore. Une fièvre plus étourdissante que celle ressentie lors de mon rêve m'a envahie. Mes seins, le bas de mon ventre ne m'avaient jamais semblé aussi vivants, aussi puissants. Mes sens déliraient comme si une potion magique s'écoulait dans mes veines.

Cette nuit-là, derrière ma porte, j'ai poussé l'exploration de mon corps à la limite de mon imagination. Après la « chose », malgré le plaisir ressenti, la culpabilité m'a terrassée, comme si j'étais condamnable d'un crime contre l'humanité. J'ai pensé en glisser un mot à Esther, voir si elle aussi jonglait avec ce sujet délicat. Mon courage ne fut pas au rendez-vous ! En attendant de partager mon secret, j'inscris un trait rouge dans mon journal à chaque fois que je me masturbe. Ainsi, si je suis anormale ou, pire, possédée du Mal, peut-être ces statistiques intimes serontelles utiles pour me mettre sur le chemin de la guérison. En attendant, je rêve du jour où je ferai l'amour. J'y pense souvent. Longtemps. Énormément. En classe, dans les corridors, devant les casiers. J'y pense trop ? Je ne sais plus. Je ne sais pas. Pas depuis que j'ai croisé le regard de Jérémie…

Il joue de la trompette dans l'harmonie scolaire. Quand Maurice nous a invités à nous présenter devant le groupe, je l'ai tout de suite remarqué. Son corps athlétique (il fait partie de l'équipe de natation), ses yeux bruns, ses cheveux noirs comme l'ébène, son anneau à l'oreille gauche et sa chaîne en argent accrochée au cou m'ont fait craquer sur-le-champ. Je ne voyais plus que lui. J'ai mis le paquet pour qu'il me remarque, durant ma présentation. Catastrophe ! J'ai failli me présenter sous le nom de Sumo. Heureusement, ma démonstration musicale fut plus convaincante. Plusieurs étudiants ont eu du mal à croire que je jouais de la flûte depuis moins de trois mois. Jérémie s'est contenté d'un sourire poli à mon endroit.

C'est sous l'invitation de Maurice que je me suis jointe à l'harmonie scolaire, composée d'une trentaine d'étudiants. Son insistance et les encouragements de Marie-Paule m'ont convaincue de tenter ma chance. Au pire, je n'aurais qu'à tirer ma révérence et reprendre ma carrière solo derrière la porte de ma chambre.

L'harmonie se réunit trois fois durant la semaine. Deux périodes le midi et une autre en soirée. Aujourd'hui, c'est la cinquième répétition. En coulisses, certains membres rêvent déjà du concert de Noël et du concours national en avril. Ça me stresse rien que d'y penser. Heureusement, nous ne sommes qu'en automne. Par conséquent, j'essaie de faire le vide dans mon esprit. Ce que je réussis plutôt bien. Il faut dire que la présence de Jérémie m'aide énormément ! Il est à proximité, en train de nettoyer le bec de sa trompette. Je l'observe du coin de l'œil en assemblant mon instrument. Et si j'allais lui parler ? Provoquer le premier contact ? Visiblement, je ne suis pas le seul requin nageant dans les eaux du département de musique. Tania Delvecchio, la meilleure clarinettiste du groupe, me dame le pion. À la voir sourire — bien sûr, ses dents immaculées sont parfaitement alignées grâce à l'orthodontie ! —, j'en déduis qu'elle est affamée, elle VEUT énormément ! Je n'entends pas ses paroles, néanmoins Jérémie rigole, il est intéressé, c'est évident. Du coup, j'ai honte de m'être rendue en secret à la piscine pour le voir nager. Moi qui ne cesse d'affirmer que les filles manquent d'indépendance ! Mon changement d'identité me monte-t-il à la tête ? Suis-je en train de rallier le rang des superficielles comme Lysanne Gallant ? C'est Esther qui se moquerait de moi si elle me voyait en ce moment.

Maurice s'amène en donnant des coups de baguette sur le pupitre. Nous comprenons le signal et allons rejoindre chaises et lutrins au milieu de la scène. La répétition se déroule mieux que la précédente mais, attention, Vanité est loin de se trémousser sur mon épaule. J'ai des croûtes à manger pour remporter le Méritas du musicien de l'année. C'est sans doute « dentier naturel » Tania qui va décrocher un deuxième titre consécutif. Tout lui réussit, c'est enrageant ! Elle est belle, s'exprime en trois langues : le français, l'italien et l'anglais, sans compter une élection imminente à la présidence de l'école. Je la déteste ! Entre les pièces musicales, elle pavoise, harponne Jérémie du regard. Ce ne sera plus très long avant de les voir main dans la main, ces deux-là.

Il me faut une vingtaine de minutes pour rentrer à la maison. Cet hiver, je prendrai l'autobus mais, ce soir, je préfère me remplir les poumons. Une feuille jaune tombe et danse sous mes yeux. Premier signe d'un nouvel automne. Mon premier automne en ville. Avec tristesse, je serre le col de ma veste en poursuivant mon chemin.

Hormis Socrate, personne n'est là pour m'accueillir. C'est mieux ainsi. Ce soir, je suis asociale. Je braque la télécommande, les canaux défilent comme des tirs de mitraillette. Hélas ! ça ne tempère en rien ma déprime. Je devrais me brancher sur une émission anglaise, améliorer mon anglais pour compétitionner avec Tania, mais la paresse l'emporte. Je suis pathétique ! Je n'ai même pas adressé la parole à Jérémie. Ça ne peut être de l'amour. Sans doute finirait-il par me décevoir. Il est trop beau, trop plastique. Qu'il aille se perdre avec la sulfureuse Tania ! Je dois l'oublier. Une nouvelle mission. Sans enthousiasme, je monte à ma chambre pour retrouver mon Journal.

Une semaine plus tard, en me relisant, mes allusions à Jérémie s'espacent au fil des pages. Je m'en félicite. Il me hante encore — il me serait difficile de faire autrement puisqu'il s'assoit en face de moi durant les répétitions — mais c'est encourageant de constater que mon changement de prénom ne m'a pas transformée en Barbie. Désormais, mes études et la musique sont ma priorité. Et pourquoi ne pas remporter un premier Méritas ? Tania Delvecchio n'a qu'à bien se tenir ! Je vais lui en mettre plein la gueule ! Je ne serai pas perdante sur toute la ligne.

Chapitre VIII

COMMENT déterminer si un miracle se produit sous nos yeux ou s'il s'agit d'un subterfuge de notre imagination ? Tout a débuté au son de la cloche. À défaut de m'asseoir à la cafétéria, les yeux rivés sur les pages d'un livre pour prouver que j'assumais ma solitude, j'ai gagné le département de musique. Tant qu'à m'humilier publiquement, il valait mieux transformer la médiocrité en positif ! J'ai repris pour la dixième fois un passage impossible de Christoph Gluck. Pour évacuer ma frustration, j'ai frappé ma flûte contre le rebord du lutrin. Les feuilles de ma partition sont tombées sur le sol. C'est en me penchant pour les ramasser que je l'ai vu dans le miroir : Jérémie me regardait par la petite fenêtre rectangulaire.

Voilà où j'en suis. Dois-je m'entêter à prétendre que je ne le vois pas ou lui ouvrir et lui demander ce qu'il veut ? Et s'il cherche quelqu'un d'autre ? J'aurai l'air de la fille qui VEUT trop. Pourquoi suis-je en train de m'inquiéter de ce qu'il pense ? N'ai-je pas décidé de l'oublier ? Pour gagner du temps, je dépose calmement mes feuilles sur le lutrin. Il va finir par s'en aller. Mais non, la porte s'ouvre, il s'avance, un sourire moqueur accroché aux lèvres :

– Je savais pas que tu te choquais comme ça ! T'as l'air tellement douce.

Je bafouille. C'est gênant :

– Bof... je... je... au moins, c'est ma flûte personnelle, je...

– Inquiète-toi pas. Je sais plus combien de fois je l'ai lancé ma trompette sur le mur.

Pourquoi est-ce que je l'imite et ris à mon tour ? Il n'y a rien de drôle. Jérémie est un gosse de riche qui traite sa trompette comme un bâton de hockey. Et mon rire est si disgracieux ! Je me suis entendue au dernier laboratoire d'anglais. Je m'efforce de reprendre mon sérieux, lui faire comprendre que je n'ai pas de temps à perdre.

– Je te dérange, tu répétais...

– Oui. Euh, non. Va falloir que j'aille dîner tantôt, mais c'est correct, tu me déranges pas vraiment.

– Tu répètes beaucoup, ajoute-t-il, visiblement impressionné.

Je lui dis avoir peu de mérite puisque j'adore jouer. Il ne cesse de me regarder. J'ai chaud, je vais suffoquer.

– En tout cas, Maurice te trouve bonne. Il t'a citée en exemple, l'autre jour.

Pourquoi est-ce qu'il dit ça ? Qu'est-ce qu'il me veut ? C'est de la vraie torture mentale.

– Pourtant, Tania est bien meilleure que moi.

Je ne suis pas peu fière de cette réponse. Bingo ! Du coup, je l'incite à me dire de quel côté il balance. En vain.

– J'ai répété ici, ce matin. Je pensais avoir oublié mon sac de sport.

Et dire que j'étais sur le point de croire aux miracles. Sa visite ne m'est pas destinée ! Je suis la gourde des gourdes, la reine des nouilles. Je n'ai plus de temps à perdre, mon ton est expéditif :

– J'ai rien vu. Tu peux toujours fouiller dans mon sac si tu me crois pas.

Ma paranoïa le déstabilise, il semble sincèrement désolé. S'il ne s'était pas encore fait d'opinion sur ma petite personne, je viens de lui prouver un manque total de jugeote. Je devrais lui dire de miser sur Tania. J'essaie plutôt de réparer les pots cassés. C'est vraiment pathétique.

– Es-tu allé voir dans le bureau de Maurice ? Peut-être que quelqu'un l'a rapporté.

– Oui, mais il y avait rien.

– Je suis désolée.

Il ne cesse de me regarder. Je meurs d'envie de l'embrasser. J'ai peur qu'il s'en aperçoive. Il doit partir avant que je ne commette une gaffe irréparable. Pars, VA-T'EN ! Sa main touche enfin la poignée, ma réputation sera sauve, mais il s'immobilise comme s'il avait oublié de me dire quelque chose. J'attends, au bord de la crise de nerfs.

– Au moins, ça nous aura permis de nous parler…

Mon espoir renaît de ses cendres. Pourquoi est-ce je ne traîne pas un magnétophone en permanence ? J'aurais pu l'enregistrer, m'assurer que ce n'est pas de la fabulation. C'est clair, il a inventé cette histoire de sac pour m'aborder, il est intéressé. Allez ! Suzie... Marilou, réagis ! réponds, invente quelque chose ! Donne-lui un peu de viande avant qu'il ne te relègue sur un menu végétarien. J'échappe mes feuilles sur le plancher. Il m'aide à les ramasser. Nos mains se frôlent, nos yeux se croisent :

– Je fais un party en fin de semaine. Si ça te tente, ce serait le fun de te voir.

Avant que je n'aie le temps d'accepter, le fantôme de Solange surgit et me saute au visage comme une pieuvre étendant ses tentacules.

– Ah ! parce que mademoiselle a changé de prénom, on compte plus pour elle ! Tu devais venir me voir. C'est ta mère qui aurait honte !

Mon voyage est planifié depuis deux semaines. Comment la vie peut-elle inlassablement reprendre ce qu'elle me donne ? Une vraie agace-pissette ! Renoncer à l'invitation de Jérémie pour passer deux jours avec Solange, c'est inhumain. Bien sûr, il serait savoureux de revoir Esther, mais si Tania était conviée au party ? Les « dents de la mer » ne le lâcheront pas de la soirée et, à mon retour lundi matin, il sera trop tard. Comment annuler mon voyage sans déclencher un incident diplomatique ? Même Marie-Paule trouvait important que j'y retourne. Jérémie attend ma réponse.

– J'aimerais ça sauf que... je devais aller visiter ma tante dans Charlevoix.

Il va penser que je suis la fille la plus ennuyeuse au monde. Refuser son invitation pour visiter une tante. Je ne peux pas le laisser sur cette impression.

– Ma mère est morte il y a trois mois. Ma tante, c'est la seule personne qui...

C'est pire, de végétarienne, j'entre dans la catégorie des opprimés, celle d'Aurore l'enfant martyre !

– C'est plate. Je suis désolé, Marilou...

– Ah non ! je dis pas ça pour ça ! Je veux juste être claire. Mais c'était pas tout à fait certain, mon voyage. Faut que je parle à ma tante. Je peux t'en reparler demain ?

Mon ton est plus dégagé, joyeux même. Je suis satisfaite. Il va voir que je suis capable d'une certaine autonomie.

– OK. Si ça marche, je te donnerai mon adresse.

– En attendant, j'espère que tu vas retrouver ton sac.

– Ah ! oui, mon sac...

Il sourit comme s'il espérait confesser un mensonge. À moins que ce soit encore des fabulations ? Dès son départ, je ravive mon objectivité et réévalue la situation froidement, sérieuse comme si je passais au détecteur de mensonge. En rangeant ma flûte dans son coffret de velours bleu, je conclus qu'il me reste une chance. Bien mince considérant ma rivale Tania, mais elle existe. La question est de savoir si je saurai saisir cette occasion.

Au téléphone, j'allonge mes excuses comme de la tire couleur de miel. Étonnamment, Solange ne tente pas de me culpabiliser.

– Je vais peut-être aller me promener à Montréal. J'ai une amie sur la rue Sherbrooke.

– Ah ! ce serait le fun !

Je suis sincère. Je ne déteste pas Solange. Le moment est simplement mal choisi. Trop de choses à mon agenda. Trop de choses à vivre.

– Tu pourrais voir où j'habite. Rencontrer Antoine et Marie-Paule.

– Peut-être. On pourra en reparler...

Ma proposition la gêne mais je ne m'en offusque pas. Comment pourrais-je lui reprocher ses réticences après ce qui s'est produit ? Solange détourne la conversation. J'ai droit aux détails de sa dernière visite à mon ancienne demeure :

– J'ai frotté, ma petite fille. Il y avait des toiles d'araignées partout. C'est pas vrai que les Bergeron, on va passer pour des cochons. J'ai fait tout un ménage ! Ta mère serait fière...

Qu'est-ce que Linda en aurait à cirer de la propreté ? Là où elle se trouve, elle a sûrement autre chose en tête. Et moi, je m'en fous, de passer pour une pouilleuse. Je suis ailleurs. J'ai quitté cette maison comme les poissons désertent leur rivière pour rejoindre la mer, découvrir de nouveaux horizons. Meilleurs. Par contre, d'entendre déblatérer Solange réveille trop de souvenirs. J'avais surestimé mes forces. Des images me reviennent. Je ne veux pas rechuter. Du coup, je suis soulagée de ne pas retourner aux Éboulements. Toutefois, avant d'être totalement en paix avec cette décision, je dois annoncer la nouvelle à Esther. Nous nous faisions un tel plaisir de nous revoir.

Mon amie est déçue, mais je ne l'abandonne pas, je m'empresse de lui dévoiler un plan de rechange :

– Je t'invite à Montréal pour ma fête ! Ça s'en vient vite, le 30 septembre.

– J'aimerais ça mais... combien ça coûte un billet pour Montréal ?

– Va chercher ta mère.

– Comment ça ?

– Esther Tremblay, ferme ta grande trappe, j'ai dit d'aller chercher ta mère !

Marie-Paule prend le combiné et insiste auprès de Mme Tremblay pour assumer les dépenses d'Esther. En définitive, tout finit par s'arranger. Je flotte ! Dans moins de deux semaines, je retrouverai mon amie et, samedi, j'assisterai au party de Jérémie. Et si j'avais eu tort de ne pas croire aux miracles ?

Chapitre IX

LA RUE est presque déserte. Sous la lueur des réverbères, l'ombre des branches ressemble à de longues mains tentant de vous accrocher au passage. Aux Éboulements, j'en aurais eu des sueurs froides dans le dos. Ici, j'imagine plutôt des caresses sur mon corps. Le vent est doux et léger.

Au bout de la rue, je vérifie l'adresse précieusement transcrite sur un bout de papier avant de m'avancer dans l'allée. La demeure de Jérémie est encore plus majestueuse que la nôtre. Avant de sonner, je répète une dernière fois mon petit discours de présentation. Il ouvre, son ton est invitant. Je ne bafouille pas.

Je remarque tout de suite la moustache et la barbichette qu'il se fait pousser. La densité des poils n'est pas parfaite, mais le résultat est plus que probant : un dosage parfait de sensibilité et de virilité ! Je passe à un cheveu de le complimenter mais la peur de me dévoiler trop rapidement me retient :

– Vous avez une belle maison.

J'espère qu'il ne me voit pas en train de rougir ! Il prend mon manteau qu'il pend dans la garde-robe. Je ne suis pas la première arrivée. Sur la piste de danse improvisée, Tania se déchaîne au rythme d'une musique techno. Elle n'a pas lésiné sur les moyens pour qu'on la remarque ! Son maillot en lycra jaune ne laisse aucune place à l'imagination ! Mine de rien, j'ajuste mon chemisier pour me donner un peu plus de style, mais si Jérémie a un penchant pour les poitrines généreuses, il est facile de prédire l'issue de la soirée. Je regrette d'avoir opté pour un look aussi conservateur — chemisier rouge, jeans, espadrilles et un foulard mauve pour retenir mes cheveux — mais comme je ne peux plus rien changer, j'affiche un air dégagé en saluant ma rivale qui vient de s'arrêter de danser. Elle me répond vaguement en prenant une gorgée de sa bière : un vrai cours de biologie humaine ! Heureusement, Jérémie m'offre à boire et nous convergeons vers la cuisine où, loin du regard inquisiteur de Tania, je me sens libre d'entamer une véritable conversation :

– C'est vraiment beau chez vous...

Je cherchais pourtant à le complimenter sur son nouveau look. J'avale une longue gorgée de bière pour engourdir ma nervosité. Jérémie se félicite de ne pas avoir ses parents dans les jambes. Ils sont dans les Laurentides pour la fin de semaine.

– Aimes-tu mon nouveau look ?

– Ah ! c'est ça ! Je me demandais ce que t'avais de changé.

– Les avis sont partagés jusqu'à maintenant. Tania est la seule à m'accorder un dix sur dix.

J'adore son look mais ne vais tout de même pas répéter les paroles de Tania.

– T'es très bien au naturel, aussi.

Ma réponse le déçoit. J'évite de m'enfoncer davantage et détourne l'attention en parlant de notre dernière répétition mais, ces temps-ci, c'est la natation qui le passionne. J'en profite pour le féliciter. Il a remporté trois épreuves lors de la dernière compétition. Il me parle de ses entraînements et de ses victoires, sans arrogance. Ce qui compte pour lui, c'est d'améliorer ses chronos.

– Tu devrais entrer dans l'équipe.

– Moi ?

– Pourquoi pas ? On est une belle gang.

– Je fais un peu de crawl mais je ressemble plutôt à un canard malade !

Il est très beau quand il rit.

– Je pourrais t'aider. Je vais passer mon cours d'instructeur en mai.

Tente-t-il de me signaler son intérêt ou se préoccupe-t-il simplement du succès de son équipe ? Sans doute a-t-il fait la même offre à Tania. Ce serait le bouquet de me retrouver avec elle dans l'un des corridors de la piscine. Et si j'avais tort ? S'il essaie vraiment de montrer qu'il est intéressé ? Si, malgré mes incertitudes, j'allais gagner cette course contre Tania ? Les tenues osées de ma rivale rendent ses départs spectaculaires, mais l'important c'est de franchir la ligne d'arrivée, non ? Moi, avec mes longues jambes, c'est en endurance que je m'y connais ! Je vais l'avoir à l'usure. À cet instant, le sourire dansant dans ses yeux me permet de croire à tous les possibles du monde ! Aussitôt, Jérémie s'excuse pour accueillir de nouveaux invités. Je ne panique pas et n'imagine pas le pire. Je rejoins plutôt les autres invités au salon. C'est la promesse que je me suis faite avant de quitter ma chambre : ne pas rester seule dans mon coin, quoi qu'il arrive. Ma solitude a assez duré !

La plupart des visages me sont inconnus. Néanmoins, je fouette ma gêne et fais la conversation à une dénommée Roxanne. Elle fait du karaté, du théâtre et rêve de devenir actrice ! Un vrai moulin à paroles ! Polie, je pousse des « wow ! » admiratifs en l'écoutant, pourtant c'est de la frime, je ne pense qu'au retour de Jérémie. Mon vœu ne tarde pas à être exaucé, le voilà de retour. Toutefois, notre conversation est à peine entamée qu'on le réclame de nouveau. Je suis au bord de l'exaspération, je n'en peux plus de passer entre l'hiver et l'été dans la même minute ! Le doute me rendra folle. J'ai besoin de savoir ce qu'il pense de moi, une fois pour toutes.

Me voilà en train d'épier ses mouvements. Je m'en veux de faire ce que je reproche à Tania, mais je n'y peux rien, ma boussole sensorielle est en cavale et Jérémie marque le plein nord ! Sans compter que mademoiselle Delvecchio rôde autour comme un boa constrictor ! Son maillot est trempé de sueur. Ses seins pointent comme deux volcans au bord de l'éruption ! Je vais le perdre.

Sur le coup de minuit, je frôle l'hystérie. J'ai beau écarquiller les yeux, passer d'une pièce à l'autre, Jérémie et Tania ont disparu. Je dois les retrouver. Je file vers le sous-sol où, dans la salle de cinéma maison, un groupe s'échange un joint sans se soucier de ma présence.

– Excusez-moi, je cherche Jérémie…

À ce qu'il paraît, ma question est hilarante.

– Qui ?

Pendant qu'ils se bidonnent, je visualise les tourtereaux étendus sur le lit de Jérémie. Moi et mes belles jambes ! Ça m'apprendra à rêver en couleurs ! Bien sûr que Jérémie est comme les autres gars : c'est les volcans qu'il préfère ! Voyant sans doute que la fumée est sur le point de me sortir par les oreilles, l'une des filles juge que j'ai besoin de me détendre et me tend les derniers vestiges de leur joint. J'hésite. J'entends tous ces énoncés contre la drogue m'écorcher les tympans, mais en me remémorant la promesse de m'amuser coûte que coûte, j'accepte son offre. Si je perds au jeu de l'amour, j'aurai au moins une expérience de plus à inscrire à mon curriculum vitae ! Je tire sur le joint. La fumée pénètre ma gorge, rejoint mes poumons. J'attends un peu avant d'expirer la fumée comme j'ai vu Linda le faire si souvent en fumant. Je suis une droguée ! L'énoncé me fait sourire. Il y a si peu de différence entre l'avant et l'après. La fille me dit de terminer le joint. J'inhale une deuxième fois avant de l'abandonner dans le cendrier. La musique est de plus en plus forte à mes oreilles. Je les remercie et m'éloigne.

Sur la piste de danse, un certain Roberto m'accoste pour me raconter ses meilleures blagues. Il m'ennuie à mourir. C'est encore pire de sentir sa main le long de ma taille. En me déplaçant brusquement, je lui fais comprendre qu'il perd son temps. Pour ne pas paraître idiot, il entame une nouvelle histoire que j'interromps aussitôt :

– Excuse-moi, faut que j'aille aux toilettes.

Malgré mes meilleures intentions, la bière qui coule à flots, mon initiation à la drogue, ce foutu party ne décolle pas. Avant qu'il ne se transforme en cauchemar, je ferais mieux d'abdiquer et de rentrer chez moi. Je jure de ne plus jamais me laisser prendre. Au diable Jérémie Lemieux ! C'est alors que je le retrouve sur mon chemin. Il est derrière moi, arborant son plus beau sourire.

– Je suis allé reconduire Tania. Elle a un peu trop fêté…

J'en ai rien à cirer de vous deux ! T'as le droit de faire ce que tu veux. J'attends rien de toi. Voilà ce que je devrais rétorquer, pourtant, je me contente d'annoncer mon départ. Il se fait tard.

– Pas déjà ? On a pas eu le temps de se parler.

Il pose sa main sur mon épaule. C'est la première fois que nos corps entrent en contact. L'adrénaline me vrille les tempes. Mes chevilles ne supportent plus mon poids. Ma chevelure s'embrase comme un feu de paille. Bien sûr que je vais rester, j'ai attendu ce moment toute la soirée.

Après, je ne sais plus. J'oublie tout, ma colère, mon indépendance, Tania. Il n'y a que lui et moi. Il me parle, j'écoute, réponds à ses questions et, tout naturellement, sa main touche la mienne. Doucement, comme une sorte de test. Voyant que je ne le repousse pas, il me prend par la main, serre mes doigts. Nous sourions. Je sens son haleine, nos lèvres sont près l'une de l'autre. Oui ! Il pose enfin sa bouche sur la mienne. Je ne me questionne pas, ne me culpabilise pas. Chaque baiser réinvente le précédent. Toujours plus long, plus savoureux. Et quand nos lèvres n'en peuvent plus de s'unir, main dans la main, nous déambulons dans la maison et il me présente comme Marilou, sa nouvelle blonde. Le bonheur existe.

À une heure du matin, même si je n'en ai pas envie, j'annonce mon départ pour la seconde fois. Cette fois, même s'il tente de me retenir à coup de sourires et de baisers, je parviens à lui résister. Je ne tiens pas à trahir l'entente prise avec Marie-Paule.

– Je vais aller te reconduire, d'abord.

– C'est ton party. Il y a encore beaucoup de monde. J'habite pas loin, je vais me débrouiller. Je suis indépendante.

Il sourit :

– Ça tombe bien, j'aime les filles indépendantes. Je peux t'appeler demain ?

Je lui en donne la permission avant de sortir.

Dehors, la pluie a transformé les trottoirs en de longues patinoires tellement ils brillent. Je me laisse glisser en me remémorant cette soirée. Je ne rêve plus, je n'ai pas besoin de me pincer : je sors avec Jérémie Lemieux ! Il est tous les « je t'aime » du monde ! Le seul, l'unique, celui que j'attendais. Déroulez le tapis rouge, allumez les feux de Bengale, je marche telle une reine dans la nuit. Je ne me suis jamais sentie aussi belle, mes jambes n'ont jamais été si longues, gracieuses. Cette nuit, je raflerais tous les concours de beauté, je gagnerais toutes les courses, personne ne m'arrêtera, personne n'éteindra cette flamme qui se consume dans mon ventre.

Chapitre X

J'AI BEAU croiser Tania Delvecchio dans les corridors de l'école, m'approcher d'elle pour la saluer, lui sourire humblement, je suis devenue le symbole de l'invisibilité ! Elle me condamnerait à la traite des blanches si elle le pouvait. Il faut dire que Jérémie est passé à un cheveu de succomber à ses charmes, il me l'a avoué. Deux jours avant le party, ils ont même échangé un baiser langoureux ! Heureusement, quand Jérémie a compris que je m'intéressais à lui, il a mis Tania sur la glace. C'est en allant la reconduire, le soir du party, qu'il lui a annoncé la mauvaise nouvelle. Depuis, elle me déteste. Je peux comprendre mais, attention, je ne veux pas entretenir de culpabilité. Je n'ai pas été déloyale, nous avions les mêmes chances. Il faut une gagnante et une perdante. Voilà tout.

À la maison, même si je n'ai pas encore annoncé la nouvelle aux parents, les nombreux appels de Jérémie éveillent leurs soupçons. Il faut voir l'expression d'Antoine quand, en couvrant le récepteur de sa main, il me lance en se moquant :

– Marilou, c'est ton… copain. Comment il s'appelle déjà ?

– Jérémie.

– Ah oui ! c'est lui qui t'a demandé de t'inscrire dans l'équipe de natation ?

Ce qu'il prend plaisir à me faire rougir en insinuant que je me lève à l'aurore pour les beaux yeux d'un gars !

– J'ai décidé de me mettre en forme. J'ai le droit, non ?

Bien sûr que j'ai eu envie de tout avouer, je suis fière de Jérémie, mais je voulais m'assurer du sérieux de notre histoire avant de le présenter officiellement comme mon amoureux. Aujourd'hui, près de deux semaines plus tard, la chose me semble possible. Ma décision concorde aussi avec l'arrivée d'Esther, vendredi. Comme elle connaît l'existence de Jérémie, je ne craindrai pas qu'elle me trahisse devant eux. C'est ce soir que je confirmerai la rumeur. Après la répétition, Jérémie me raccompagnera, je l'inviterai à entrer et…

Au salon, trois paires d'yeux sont rivées sur Jérémie, y compris les miens. Je me sens impuissante comme l'entraîneur d'un plongeur avant que ne s'élance son protégé du tremplin. C'est à Jérémie d'impressionner, maintenant. Si l'impression des parents est négative, mes agissements seront ensuite scrutés à la lettre et, ultimement, notre couple s'en ressentira. Heureusement, mon amoureux y met beaucoup de conviction. Il faut dire qu'avec un père avocat et une mère architecte, il est habitué aux mondanités de ce genre. Jérémie s'exprime avec aisance :

– Mon père a son bureau sur la Montagne. Il est associé avec Warren et McGregor.

– C'est un gros bureau, commente Antoine.

– Oui. Le siège social est à Toronto. Ils ont une centaine d'employés en tout.

– T'as l'intention de suivre les traces de ton père ?

– Je peux encore changer d'idée mais, oui, c'est dans mes projets.

Sans doute las d'être le point de mire, Jérémie dévie la conversation et parle de mes débuts dans l'équipe de natation.

– Son coup de jambe est super bon. Si elle continue à s'entraîner, elle va être parmi les meilleures.

Marie-Paule s'en montre ravie mais, coquin, Antoine ne résiste pas à l'idée de me faire rougir une fois de plus :

– J'espère que tu ne penses pas sauter en parachute, Jérémie. Ça pourrait donner des idées à notre Marilou !

– J'ai pas besoin de personne pour me dire quoi faire, Antoine Bertrand !

L'ardeur que je déploie à me défendre est pitoyable ! Tout le monde éclate de rire. J'ai le mot « coupable » écrit en grosses lettres sur mon front. Jérémie en profite à son tour :

– Comme ça, tu t'es inscrite dans l'équipe de natation à cause de moi ?

Je le fusille du regard avec la ferme intention de lui faire ravaler ses paroles en privé. Pour me venir en aide, Marie-Paule se charge de contenir le machisme des gars :

– Antoine, si tu leur parlais de ton changement d'université ? Il y avait pas une belle musicienne derrière tout ça ?

Douce revanche pour l'équipe féminine ! Je souris à belles dents en maudissant les hommes :

– Vous êtes tellement machos !

Marie-Paule poursuit sur sa lancée en révélant l'existence de lettres d'amour enflammées dormant dans un tiroir du deuxième. Elle est prête à nous en faire la lecture. Antoine concède la victoire et promet de me laisser tranquille. Pour ce soir.

Vers les dix heures, Antoine serre chaleureusement la main de Jérémie et l'invite à revenir quand il le voudra. Discrètement, Marie-Paule me décoche un clin d'œil me laissant comprendre que mon amoureux a passé le test ! Leur appréciation comptait plus que je ne le croyais. Je file vers le vestibule, des plus soulagées. Jérémie ne cache pas son enthousiasme et vante leur ouverture d'esprit :

– T'es vraiment bien tombée.

– Oui…

Tombée, quelle drôle d'expression. Je me demande s'il aurait émis le même commentaire après une soirée passée avec Linda ? Aurait-il apprécié ses logorrhées sur l'incompétence du vendeur au magasin général, l'hypocrisie du curé ou l'inexactitude des prédictions du service météorologique ? Serait-il tombé du haut de son amour en découvrant cette autre branche de mon arbre généalogique ? Il m'embrasse une dernière fois avant de sortir. Par le carreau, je le regarde s'éloigner. Ses cheveux fraîchement coupés dévoilent une cicatrice près de sa nuque (un mauvais coup de bâton lors d'une partie de hockey). Il en possède une autre au genou droit à cause d'une chute en ski. Je ne me lasse jamais de l'entendre discourir sur son passé, voir ses photos d'enfance. Je veux tout savoir de lui, tout connaître, jusqu'à ce que nous n'ayons plus besoin de mots pour communiquer. Entre des milliards d'humains sur terre, nous nous sommes choisis.

Dans deux jours, ce sera mon anniversaire. Étendue sur mon lit, je repense aux dernières semaines. Malgré les difficultés, j'ai obtenu ce que je désirais. Tout comme Marie-Paule et Antoine sont devenus mes nouveaux parents. Serait-ce la preuve que tout est possible dans la vie ? Ce soir, c'est moins difficile de le croire. L'idée d'un mauvais sort jeté sur ma famille me semble soudainement des plus farfelues. Tant de choses ne sont plus comme avant. Tous ces mots que j'employais sans en saisir le sens profond : bonheur, liberté, joie, amour, ils font maintenant partie de ma vie, je les ressens. Chaque jour, j'enrichis leur définition, chaque minute, je prends conscience de mon ignorance et chéris ces nouvelles connaissances. Je n'en peux plus d'attendre d'avoir quinze ans.

Linda me rejoint en rêve. De l'autre côté d'une montagne, elle me fait de grands saluts en retenant sa robe fleurie retroussée par le vent :

– Suzie ! C'est moi…

Linda s'engage sur un pont avec l'énergie d'une gamine retrouvant une amie qu'elle n'a pas vue depuis longtemps.

– T'as tellement grandi, t'es tellement belle…

Je suis tout aussi contente de la revoir mais, en reconnaissant le pont où j'ai failli laisser ma peau, j'efface mon sourire. J'ai beau crier, la supplier de faire marche arrière, elle n'entend rien. Et le pire se produit : une planche se détache, tombe dans les eaux de la rivière. Quand Linda s'en aperçoit, son pied balance dans le vide. Elle tente d'agripper le garde-corps de chaque côté sans y parvenir. Les autres planches cèdent sous son poids. Affolée, elle me supplie de lui venir en aide. J'accours en lui tendant les bras. Son corps chute sous mes yeux.

En sursaut, je me redresse dans mon lit, à bout de souffle. Ma camisole est trempée. On dirait que j'ai couru des kilomètres. J'ai chaud et crains que mon lit ne s'effondre lui aussi. Heureusement, le plancher de bois ne se met pas à bouger ! Tout est calme. Néanmoins, je me refuse à fermer les yeux. Je n'ai aucune intention de revivre ce cauchemar. J'allume et tire un livre de mon sac. Dehors, la pluie tambourine contre la vitre. J'ouvre le bouquin et torpille mon cerveau de nouvelles formules physiques. Cette nuit, le ciel pleurera pour moi.

Le lendemain, Jérémie me rejoint dans l'une des salles de répétition avec sa trompette. Après les cours, le département de musique est peu achalandé. C'est encore plus vrai ce soir à cause des averses s'étant abattues sans relâche. Troisième fois que je rate le même passage. Mon lutrin en prend pour son rhume, ma main droite aussi. J'étire les doigts en plissant mon visage. À mes côtés, Jérémie trouve ça drôle.

– T'es pas obligée de toujours l'avoir du premier coup.

– Bof...

– Qu'est-ce qu'il y a, Lou ? J'ai fait quelque chose de pas correct ?

– Non, non...

À force de me questionner, le chat sort du sac et la conversation dévie sur l'arrivée d'Esther. J'ai envie de la revoir, certes, mais je suis nerveuse à l'idée de concilier sa visite avec Jérémie. Comme si Esther allait devenir la cinquième roue du carrosse. Hier soir, en lui reparlant pour l'assurer qu'on l'attendrait au terminus, Esther n'a même pas émis le désir de rencontrer Jérémie, pas une seule question à son sujet, rien, comme s'il n'existait pas.

– Elle te voit pas souvent, c'est normal.

– Je vais quand même pas te cacher dans la garde-robe toute la fin de semaine.

Jérémie affiche un air prudent avant de me dire qu'il a peut-être la solution idéale. À son ton, je pressens que j'y perdrai quelque chose.

– Quoi ?

– Papa m'avait offert de l'accompagner à Toronto. J'avais refusé, mais je pourrais y aller.

C'est plus de compréhension que j'en espérais ! Le voilà qui veut partir ! Trois jours sans le voir, sans entendre sa voix, sans le voir sourire. Et si son avion s'écrasait ? Je le regretterais jusqu'à la fin de mes jours. Le mauvais sort n'existe pas mais la vie m'a déjà donné un aperçu de sa cruauté.

– Tu partirais la fin de semaine de ma fête ?

– Je pourrais te fêter lundi soir. Juste nous deux. On pourrait retourner au resto chinois que t'as aimé ?

La vérité, c'est qu'il a envie d'aller à Toronto, ça crève les yeux. Allez ! Sois raisonnable, prouve-lui ton indépendance. Trois jours, c'est une « peanut », pense à toutes ces années de solitude que tu as traversées, tu as vu de bien pires tempêtes. En fait, c'est la solution parfaite, le meilleur des mondes. Esther sera contente, tu lui consacreras tout ton temps et, lundi, ce sera encore meilleur de le revoir. Malgré cette séance de pensée positive, mon visage s'étire comme si on venait de m'annoncer deux années d'échecs scolaires.

– C'est quand même plate, tu verras pas Esther...

– Tu me la présenteras une autre fois, elle va revenir, non ?

Lui aussi nous imagine ensemble pour longtemps. Du coup, mes angoisses déguerpissent comme des truands avant l'arrivée de la police. Et s'il était vraiment l'homme de ma vie ? Celui que Linda a attendu sans jamais le rencontrer ? Si, pour se racheter, la vie me l'envoyait très tôt ? Non, il ne disparaîtra pas dans un terrible crash aérien. Dans vingt ans, nous nous moquerons de cette ridicule crise d'insécurité. Je lui dis de partir en paix. Il me couvre de baisers. Nos lèvres se soudent, se goûtent. Sa langue est curieuse, rejoint la mienne. Nos corps tanguent comme des navires. Je presse mes seins contre son torse. Délibérément. Pour qu'il sente que je l'aimerai toujours. Puis, la pièce sombre dans la noirceur. Sous l'effet de la surprise, nous interrompons nos baisers mais demeurons blottis l'un contre l'autre. Quelques portes claquent, des rires nerveux résonnent sur les murs comme des arpèges.

– Panne d'électricité, tout le monde dans le hall, crie Maurice.

D'autres portes se referment. Nous ne bougeons pas. Il souffle sur mon oreille. Sa langue en explore l'intérieur pendant que ses mains courent sur mon dos, me chatouillent. Je voudrais rire mais ne veux alerter personne. J'arque mon dos pour lui signaler mon appréciation. Dans la pénombre, je veux le relancer, lui en donner davantage. Je glisse mon index sur ses lèvres. Touche sa gencive. J'en explore tous les replis. Au tour de sa main de pétrir mes fesses. Je ne me gêne pas pour l'imiter. Il tend ses muscles. Défiante, je glisse mes doigts sous son jean. Peu à peu, j'écarte l'élastique de son sous-vêtement. Ses muscles le trahissent, crient son désir. Il ondule du bassin vers moi. Retire mon chandail. Son pénis, très dur, effleure mon ventre. Je n'ai pas honte. Sa respiration est de plus en plus saccadée. Je me dresse sur le bout des pieds pour le rejoindre. Il défait la boucle de sa ceinture, mais s'immobilise. J'ai glissé ma main hors du pantalon. Un refus de ma part ? Durant une fraction de seconde, j'hésite, je ne sais plus : notre planète ne tourne plus à la vitesse réglementaire. Mais son départ pour Toronto me fait tout oublier. Plus rien n'existe au-delà de cette porte. Je l'imagine en moi. Je le veux en moi. Sans hésiter, je glisse sa fermeture éclair pour lui donner le signal. Lui et moi...

Une heure plus tard, nous marchons dans la cour d'école quand la lumière rejaillit sur la ville. L'effet est spectaculaire. Comme l'explosion d'une bombe sans les décibels. Un peu ce que je ressens à l'intérieur de mon ventre. Nous marchons en silence. Tous les deux arborons les couleurs de la gêne.

– Ça va ?

– Oui.

Ce n'est ni la vérité ni un mensonge. J'ai souvent lu que, la première fois, ce n'est jamais le nirvana. Alors pourquoi est-ce que je m'inquiète ? Je devrais plutôt me réjouir de l'avoir fait. J'en rêvais depuis si longtemps.

Tout s'est déroulé si rapidement. J'ai senti son sexe contre le mien. Il a poussé plusieurs fois. J'ai fermé les yeux. J'ai tout de suite deviné ne pas être la première. Ça m'était égal, je l'ai laissé imposer le rythme. J'ai eu mal, mais ce n'était pas si douloureux. J'ai posé ma main sur mon ventre. Il a retenu son cri en poussant une dernière fois. Très fort. Il s'est retiré. Je me suis mise à regretter, j'ai vacillé sous le poids des images, j'en ai inventé des pires : Maurice nous avait surpris, Marie-Paule m'attendait dans le bureau du directeur, la colère d'Antoine, la honte de Solange... Ce que j'ai été soulagée de franchir la porte de l'école à l'abri des regards ! Incognito.

Dehors, le brouillard se dresse comme un mur devant nous. Jérémie brise enfin la glace et me demande si c'était la première fois. J'acquiesce timidement en pressentant une série de reproches sur la qualité de ma performance. Je suis soulagée de voir qu'il n'ajoute rien. Infériorité reste sagement tapie dans son coin. J'ai presque envie de lui renvoyer la question, savoir si pour lui aussi c'était la première fois, mais je crains trop sa réponse. S'il a eu des rapports sexuels comme je le crois, c'est fort possible qu'il le refasse après moi. Horrible d'envisager qu'il puisse en aimer une autre, que je ne sois pas la dernière. Jérémie retire sa main comme si l'inquiétude le rongeait à son tour. Son corps est tendu, son dos légèrement voûté.

– On en a pas parlé mais... comme tu m'as laissé faire, j'imagine que tu prends des précautions ?

Sa question m'écorche les tympans, son ton est si technique. C'est sa meilleure façon de me rassurer ? Les sentiments ne comptent déjà plus ? Ses « je t'aime », envolés ? Mon silence l'angoisse, la peur est là, imprimée sur son visage. Oui, je prends la pilule. Non, je ne suis pas une sotte ! Mon seul problème, c'est de ne pas avoir attendu les quatre semaines réglementaires. Neuf jours que le médicament circule dans mes veines. Il est déjà bien répandu. Je serai chanceuse, rien ne m'arrivera.

– Oui. Je prends la pilule.

Il se détend, ses yeux s'illuminent.

– J'ai aimé ça. C'était bon.

Jérémie est de retour ! Je devrais me réjouir, le prendre comme un compliment, pourtant, ma confusion reste entière. J'accoste les rives d'un nouveau continent où tout m'est étranger : les rues, les avenues, les gens, leur langage. J'ai peur de me perdre de nouveau.

Arrivés à la maison, je ne l'invite pas à entrer. Ce n'est pas par vengeance ou pour le rendre coupable, non, j'ai simplement trop de choses à digérer pour l'instant.

– Je vais t'appeler de Toronto. Aie du fun avec Esther !

Il m'embrasse une dernière fois et marche vers la rue déserte. Sur le trottoir, il frappe l'air à coups de poing comme un boxeur matraque son adversaire. Dieu que ça semble facile d'être un garçon. Un sourire, quelques coups de poing et c'est le nirvana ! Je l'envie en ce moment. Qu'aurait-il répondu si je l'avais repoussé ? Aurait-il eu la délicatesse de m'attendre ? La sagesse de comprendre ? M'aime-t-il comme je l'aime ? Finira-t-il par se lasser de moi ? Comment s'accrocher au bonheur quand il peut s'éteindre dans la prochaine minute ?

À quelques mètres de la maison, j'entends les jappements de Socrate. La porte ouverte, il me rejoint sur le porche et remue la queue dans tous les sens comme un enfant agite son hochet.

– T'es bien content de me voir...

Il colle son museau contre mon ventre. Flaire-t-il quelque chose ? Voit-il ce nuage de tristesse qui m'enveloppe ? Devine-t-il les dernières caresses de Jérémie sur ma peau ? Le sang sur ma culotte ?

– Allez ! Va faire pipi.

Par la porte entrouverte, je perçois les voix de mes nouveaux parents. Me voilà sur le point de regagner leur monde : celui de ma famille recomposée. En entrant, je filerai à l'étage, me glisserai sous la douche. Ferai en sorte qu'on ne remarque rien. Après, je les rejoindrai dans la salle à dîner. Je n'appuierai pas mes coudes sur la table. Je mangerai lentement. Marie-Paule me demandera si j'ai bien répété. Je répondrai oui, mais pas longtemps à cause de la panne. Me demandera-t-elle si Jérémie m'accompagnait ? Je mentirai. Et si Antoine l'a vu par la fenêtre ? Et s'il appelle chez Jérémie pour vérifier ? Je dois lui téléphoner au plus vite, m'entendre avec lui. Stop ! Pourquoi Antoine appellerait-il ? Pourquoi suis-je encore en état de panique ? En train de créer ces scénarios ridicules ? Socrate gratte à la porte pour m'indiquer que sa mission est accomplie. Je sélectionne un sourire comme on choisit un échantillon de mascara dans le rayon des cosmétiques. Mon corps pèse des tonnes, pourtant je souris à belles dents.

À mon grand soulagement, aucune question ne porte sur mes allées et venues de la journée. La vérité, c'est qu'un drame plus important sévit entre nos murs : le toit coule. Marie-Paule est revenue trop tard de l'orchestre et n'a pu que constater les dégâts : à l'étage, le plafond ressemble à du papier mâché et, dans le bureau, l'ordinateur a rendu l'âme ! Je n'ai jamais vu Antoine dans un tel état.

– Un toit qui a pas encore cinq ans. Faut-tu être incompétent !

Sa colère me rappelle celles de Linda, irrationnelles, aiguës, interminables. Pour éviter d'attirer l'attention, je garde cette pensée secrète et préfère remercier, en secret, ce merveilleux orage ! Je n'aurais pu orchestrer meilleure diversion.

Tout compte fait, ce n'est pas la fin du monde. Les assurances vont remplacer l'ordinateur et un couvreur viendra dès le lendemain pour réparer le tout. Le rendez-vous est déjà fixé.

Dans la salle de bains, la buée recouvre les murs de verre de la douche. Je savonne vigoureusement pour éliminer les vieilles couches de peau. Je me sens plus légère. Mes pensées vagabondent. Ça m'amuse. J'imagine l'ordinateur sous l'orage. Le visage colérique d'Antoine. Je revois la main de Jérémie à l'orée de mon sexe. Le corps de Marie-Paule soudé à celui d'Antoine. Le toit qui coule, les chaudières dans le bureau. J'imagine l'arrivée imminente d'Esther. J'ai hâte de la revoir. Je lui raconterai tout. Oui, je lui raconterai ce nouveau secret. Elle comprendra. J'augmente l'intensité du jet. La chaleur m'enveloppe comme les étreintes de Jérémie. Il pleut sur ma tête, je danse sous la pluie.

Sous la douche, je suis morte de rire.

Chapitre XI

PENDANT qu'un avion survole le ciel de Toronto, je regarde fixement en direction de la station d'autobus. Dire qu'il y a un an, je foulais le même sol avec la seule idée de retrouver mes adoptifs. Aujourd'hui, Antoine est devenu mon chauffeur pendant qu'à Outremont, Marie-Paule quitte sa réunion et s'arrêtera chez le traiteur pour souligner l'arrivée d'Esther. C'est presque surréel ! Dans la voiture, Antoine se penche pour syntoniser une nouvelle station.

– Tu veux écouter quelque chose de particulier ?

– Non, non...

J'aurais préféré qu'il me demande comment je me sens. Il devrait savoir ce que ça représente pour moi de me retrouver ici. Déçue, je pose les pieds sur le tableau de bord. Le rictus qui tord ses lèvres me signale son mécontentement. Navrée, je reprends ma position initiale. À la radio, un invité prédit une crise économique des plus horribles. Antoine l'écoute attentivement, creusant un peu plus le fossé qui nous divise. C'est fou mais nous sommes incapables de communiquer naturellement en l'absence de Marie-Paule. Quand elle est là, il s'anime, me considère, me questionne. Les bons jours, il me bombarde de son humour pince-sans-rire, mais seule avec lui, rien ne se passe, nous parlons deux langues étrangères. Les hommes sont si différents. J'en suis plus consciente maintenant que je fréquente Jérémie. Malgré l'amour que je lui porte, sur certains points, nous sommes aussi opposés que le yin et le yang. Surtout en présence de ses amis. Du coup, ses élans de tendresse ne me parviennent plus qu'au compte-gouttes ! Comme si c'était honteux de m'aimer en public. Entre amis, ce sont les boutades, les tiraillements au bord de la piscine qui importent. Leurs jeux sont teintés d'une violence sournoise comme si, à l'intérieur d'une meute, ils devaient se battre pour conserver leur rang. Jérémie ne le crie pas, mais c'est lui le chef de sa bande et il l'apprécie. C'est si fort qu'il oublie parfois que je ne fonctionne pas au même carburant. Seul avec moi, il prend plusieurs minutes avant de taire cette autre personnalité. Redevenir celui que j'aime. Antoine est-il victime du même mal ? Je l'observe en diagonale et prends la liberté de l'imaginer adolescent. Décevait-il son amie de cœur lui aussi ? À quel âge a-t-il fait l'amour la première fois ?

– Tu ris toute seule ?

– Je suis de bonne humeur, faut croire.

Hormis les confessions de Marie-Paule, je sais peu de choses de ce père par procuration. Nous partageons la même maison, il me donne de l'argent de poche, il joue au tennis deux fois par semaine mais, au-delà de ces faits, il pourrait être un agent secret et je n'en saurais rien. A-t-il déjà trompé Marie-Paule ? Si non, le désir qu'il éprouve pour elle est-il vivant comme au premier jour ? Linda disait souvent que le désir durait rarement plus d'un été. Si je lui donne raison, c'est dire que Jérémie ne passera pas les Fêtes avec moi ? Comment pourrais-je cesser de désirer Jérémie ? Je brûle d'envie de questionner Antoine afin qu'il me rassure. Lui demander s'il est avec Marie-Paule par habitude ou s'il l'aime véritablement, comme au premier jour.

– Ça va, Marilou ?

– Oui, oui.

Il m'observe comme s'il essayait de lire dans mes pensées. Il est encore séduisant pour son âge. Je l'imagine en sarrau blanc en train d'arpenter les corridors de l'hôpital. Tous les jours, il défie la mort. À quoi pense-t-il en annonçant à un patient qu'il ne peut plus rien pour lui ? Est-il navré quand il referme la porte de son bureau ou s'est-il fabriqué une armure ?

– Antoine... ça t'arrive de regretter que je reste avec vous autres ?

Ma question le surprend et l'embarrasse. Des milliers de points d'interrogation traversent son regard. Je les reconnais, je les ai vus dans celui de Jérémie. Il rit nerveusement comme s'il essayait de désamorcer la grenade que je viens de lancer.

– Pourquoi tu me demandes ça ?

– Comme ça, je trouve que tu me parles pas souvent.

– Vraiment ?

À voir l'expression béate sur son visage, je jurerais que ça ne lui a même jamais traversé l'esprit.

– Je ne m'appelle pas Socrate, quand même. T'as dû trouver ça spécial que, du jour au lendemain, je me retrouve chez vous.

– On n'était pas forcés. On a pris le temps d'y réfléchir.

– Buzz ! Mauvaise réponse !

Ma franchise l'amuse.

– Je veux la vraie vérité…

Il comprend ce que je cherche, je le vois dans son œil. Cette fois, il s'applique, efface son sourire, ramasse ses esprits.

– C'est vrai. Même si t'es plus un bébé, ça m'a demandé des ajustements Les premières semaines, j'ai trouvé ça… exigeant.

Il fait une pause. Son timbre de voix est différent, plus fragile, comme mes loups de cristal. Nous cessons de nous regarder.

– En même temps, plus j'apprends à te connaître, plus c'est facile de te considérer comme ma propre fille, termine-t-il en agrippant le volant.

Dirait-il la même chose si je lui balançais mon épisode de la salle de musique ? Je passe à un cheveu de tout déballer, le tester, voir jusqu'où ira cet amour naissant mais, comme si j'en avais trop besoin, je jette l'idée aux ordures.

– Toi ? Comment tu te sens avec nous ?

– Bien. Je suis contente. Difficile de demander mieux.

La pudeur m'empêche d'ajouter un : « moi aussi je vous aime ». Je le ressens pourtant. Pas comme avec Jérémie mais, certains matins, au déjeuner, même quand tout le monde fait la gueule, j'ai du mal à m'imaginer vivre ailleurs. Comme un cadre accroché au mur, Antoine et Marie-Paule font partie de mon paysage, de mes repères, de mes nécessités. Comment ça naît, l'amour ? Ça vient d'où ? On se lève le matin et, comme un témoin de Jéhovah, Il se présente à votre porte ? « Bonjour, c'est moi ! » Sous combien de formes se matérialise-t-il ? Existe-t-il une échelle capable de mesurer son intensité ? Je me suis souvent demandé qui j'arracherais du ventre de la mer au cours d'un naufrage. Il ne resterait qu'une place sur mon embarcation. Je devrais choisir : Jérémie, Marie-Paule, Antoine, Esther, Solange, Socrate.

Cruauté et amour vont-ils de pair ?

Même si nous n'ajoutons rien à cette conversation, nous venons de gagner quelque chose. Quoi exactement ? Je ne saurais le dire, mais nous ne sommes plus tout à fait les mêmes. Je le sens. Une boule chaude et réconfortante couve dans mon ventre.

L'heure est venue. J'ajuste mon chapeau de feutre noir et traverse la rue jusqu'à la station. Presque aussitôt, j'aperçois Esther qui m'attend. Elle n'a pas changé d'un iota. Toujours les mêmes yeux rieurs, et ces joues rondes qu'on a envie de croquer comme une pomme bien rouge. Mon amie.

– Esther !

– Suzie !

Piteuse comme si elle venait de faire échouer un vol de banque, elle rectifie en m'implorant du regard :

– Marilou ! Tu comprends, pour moi t'es encore un peu Suzie.

– Oublie ça, c'est rien.

Nous rions, joyeuses et pudiques à la fois. Puis, comme si elle en avait rêvé tous les jours depuis mon départ, elle me serre dans ses bras en me couvrant de compliments. C'est délicieux de l'entendre.

– T'es toute belle. Avec ton chapeau. On dirait une actrice.

– Toi aussi, t'es belle.

– Mais moi, j'ai pas encore trouvé mon Jérémie.

Est-ce un premier reproche déguisé ? C'est vrai que je l'appelle moins souvent depuis que je suis amoureuse. Soucieuse de ne pas débuter sur une mauvaise note, j'annonce l'absence de Jérémie pour la fin de semaine.

– Je pourrai pas le voir ? Depuis le temps que j'entends parler de lui.

Esther semble sincèrement déçue. Je m'en suis fait pour rien. Encore.

– Tu le verras une autre fois. T'as fait un bon voyage ?

– J'ai failli tomber dans le bol de toilettes mais à part ça, c'était correct !

Rigolant comme nous avions l'habitude de le faire, nous quittons la station pour regagner la voiture.

Les présentations officielles ayant eu lieu lors des funérailles, Antoine se dit très heureux de la revoir.

– Hum… ça sent le bon cuir, lance-t-elle en prenant place sur la banquette arrière.

Antoine n'ajoute rien mais je sais que ça lui fait plaisir. Lui qui adore sa voiture ! Esther gagne des points.

– C'est ta première visite à Montréal. Tu veux faire un tour de ville ?

– Je veux surtout pas déranger…

– Attachez vos ceintures !

En silence, j'apprécie l'offre d'Antoine pendant qu'Esther fait de grands yeux en voyant poindre le centre-ville.

– Ça fait changement de la rue Principale, déclare-t-elle.

– C'est rien. Tu devrais voir ça l'été. Ils ferment les rues, il y a des festivals partout. C'est vraiment *cool*.

– Vous devriez planifier des vacances pour l'été prochain, ajoute Antoine.

– C'est sûr…

Même si je le regrette, ma réponse manque nettement de conviction. Pour l'été prochain, j'ai d'autres plans : ma peau sera dorée par le soleil. Je marcherai avec Jérémie. Nous assisterons à tous les festivals et jouerons de la musique dans les parcs. Il est aussi question de passer du temps à leur maison de campagne dans les Laurentides. Nous ferons du ski nautique, du vélo et le soir, après le feu de camp, nous ferons l'amour à la belle étoile. Encore trois jours avant de le revoir !

Pour clore ce mini tour guidé, Antoine nous conduit sur la montagne pour une vue panoramique de la ville. Esther est subjuguée.

– Wow ! J'avais vu des photos, mais en personne…

Aux Éboulements, c'est le fleuve Saint-Laurent que nous avions l'habitude d'admirer. Le Saint-Laurent avec ses courants, ses vagues intraitables et son manteau de secrets : bouteilles à la mer, poissons de toutes sortes et même des vies humaines ! Combien de fois nous y sommes-nous rendues afin de nous isoler du monde ? En inventer un autre, différent, toujours meilleur. Ce soir, c'est la ville qui brille à nos pieds. Montréal la grande ! Qui se moque de tout, qui résiste au vent, à la neige. Quoi qu'il arrive, Montréal sera toujours là, le Saint-Laurent aussi. Où que nous soyons, il existe toujours un lieu, quelque chose de plus grand que nous. C'est majestueux. Esther me vole les mots de la bouche :

– Monsieur Bertrand, ça vous dérangerait de nous prendre en photo avec la ville en arrière ?

– Pas du tout.

Antoine assume avec sérieux son rôle de photographe et fait même quelques clichés supplémentaires. La glace est définitivement rompue. De retour dans la voiture, Esther répond maintenant sans gêne aux questions d'Antoine.

– Marilou nous a dit que tu t'intéressais à la médecine ?

Cette fois, elle ouvre de grands yeux incrédules, l'air de se demander comment j'ai bien pu affirmer une telle chose.

– C'est sûr que j'aime ça, mais j'ai pas les notes qu'il faut.

– T'étais toujours la meilleure en dissection. Puis t'oublies ta fascination pour les cadavres !

– Dis donc que je suis un vrai croque-mort !

– C'est toi qui voulais communiquer avec les morts, non ?

– Tu vas pas raconter ça ?

Je frissonne de plaisir avant de raconter la mort accidentelle du maire, notre gageure et notre visite au salon funéraire à l'âge de huit ans ! Esther me laisse relater les grandes lignes pour rapidement m'interrompre afin de corriger un détail, un dialogue. Je vois bien qu'elle meurt d'envie de prendre la relève.

– Continue donc, t'es bien partie.

Comme un chien n'en pouvant plus d'attendre devant son bol de nourriture, elle se lance et livre alors une version hautement personnelle de l'événement ! Selon ses dires, c'est une centaine de couronnes mortuaires qui sont tombées sur le cercueil du maire ! Des gardes de sécurité se sont même lancés à notre poursuite ! Antoine rigole franchement. C'est bon signe, le week-end se passera sous le signe de la bonne humeur.

La rencontre avec Marie-Paule se passe tout aussi bien. Après les accolades, Esther s'empresse de sortir une boîte de sucre à la crème préparé par sa mère pour nous remercier de la recevoir. Nous en dégustons un morceau sous le regard implorant de Socrate qui évalue les chances que cette boîte se retrouve entre ses pattes ! Marie-Paule me suggère ensuite de faire visiter la maison à Esther pendant qu'ils termineront la préparation du repas.

Nous commençons le tour guidé au sous-sol. Esther fait de grands oh ! et des ah ! en découvrant chacune des pièces. C'est en arrivant au salon qu'elle explose.

– Ils sont bien riches ! T'es vraiment chanceuse...

Malgré moi, j'interprète sa remarque comme un reproche, comme si j'étais ici pour profiter d'eux. Ma réplique est cinglante :

– Franchement Esther ! Si j'avais pu garder ma mère, je l'aurais fait. On dirait que tu dis n'importe quoi.

– Bien voyons ! C'est pas ça que j'ai voulu dire, ajoute-t-elle tristement.

Pourquoi suis-je aussi agressive ? Je sais bien ce qu'elle veut dire. Moi-même, je me le suis souvent répété. Pourquoi est-ce que je m'énerve ainsi ? Tout se passait si bien. Esther est parfaite depuis son arrivée. À bien y penser, peut-être que j'en veux à Jérémie de rater un moment aussi important ? Et je suis maladroitement en train de me venger sur Esther ? Oui, c'est l'interprétation la plus probable. J'évite de gâcher nos retrouvailles et m'excuse sur-le-champ. Nous convenons d'oublier ce premier malentendu.

– Les filles ! Les assiettes sont sur la table ! crie Antoine.

Le souper se déroule sans anicroche. Tout naturellement, Esther devient le boute-en-train de la soirée. Les adoptifs raffolent de l'entendre raconter nos mauvais coups aux Éboulements ! Du vol de pommes chez les Girard à notre disparition mystérieuse d'une partie de cache-cache ! Sans avertir personne, nous avions abandonné cette partie trop ennuyante pour nous rendre à la salle de quilles. À notre retour, deux heures plus tard, la moitié du village fouillait les champs, lampes de poche à la main, en criant nos noms ! La colère de Linda fut épique !

– Vous auriez pu avertir quelqu'un. Petites sans-cœur, irresponsables ! Comme s'il pouvait rien vous arriver ! Vous pensez juste à vous autres, on sait bien !

Pour nous mettre du plomb dans la tête, nous avions dû passer deux journées dans nos chambres sans pouvoir communiquer l'une avec l'autre. Ce fut un dur moment à passer, mais ce soir, c'est la joie émanant de ce souvenir qui l'emporte. Savoir que la fureur de Linda était proportionnelle à son amour me suffit. C'est si bon de me rappeler Linda en compagnie d'Esther.

Une heure plus tard, mon amie refrène un premier bâillement. Marie-Paule nous libère, certaine que nous avons encore bien des choses à nous raconter en privé ! Esther les remercie une autre fois de l'accueillir et nous disparaissons à l'étage.

Fidèle à ses habitudes, mon amie ne se gêne pas pour commenter la décoration de ma chambre. Selon elle, j'aurais dû inverser les couleurs. Des murs orangés auraient agrandi la pièce. Ça me fait sourire. Elle a sans doute raison, mais comme cette chambre est déjà le double de mon ancienne, il n'y a pas de quoi en faire un plat. Esther en convient et avoue qu'elle l'échangerait illico contre la sienne ! Je lui montre ensuite le tiroir de ma commode libéré pour sa venue. Elle commence à ranger ses choses. Sans sa veste, je remarque mieux les changements de son corps. Elle a gagné quelques kilos, ses seins aussi ont pris de l'ampleur. Elle voit bien que je l'évalue.

– Qu'est-ce qu'il y a ?

Je regarde sa poitrine.

– Ah ! parle-moi z'en pas, j'ai assez hâte que ça arrête. T'as pas ce problème-là, toi.

C'est vrai que ma situation s'est stabilisée. Pourtant, me voilà en train de me demander si Jérémie les trouve trop petits. Aussi bien l'avouer, je suis en deçà de la moyenne. Et comme la pulpeuse Tania ne s'est jamais remise de son échec. Comme...

– Qu'est-ce qu'il y a ? me demande Esther inquiétée par mon silence. Je t'ai pas encore insultée, j'espère ?

– Non, non, j'ai rien. Tu veux prendre une douche ?

Je n'ai surtout pas envie qu'elle me traite de dépendante affective.

De retour dans la chambre, tout y passe : des profs de la polyvalente, des rénovations à la bibliothèque, aux habitués de la salle de quilles. Esther est loquace, gesticule mais, étrangement, je constate qu'elle me parle rarement d'elle, toujours des autres. J'ai beau lui poser des questions plus personnelles, elle les évacue habilement par un oui ou par un non. Je profite de son invitation au mariage de la voisine pour revenir à la charge :

– Tu vas y aller accompagnée ? Il doit bien y avoir un gars que tu trouves de ton goût ?

– Je t'ai déjà dit que j'aimerais plus personne. T'as oublié ?

– Martin, c'est loin. C'était pas juste une façon de parler ?

– Je suis indépendante. J'ai pas besoin de gars.

Pourquoi est-ce qu'elle ne se confie pas plutôt que de me mentir ainsi ? À moi, son amie. Esther a beau être mignonne, la vérité c'est que les garçons de notre âge s'intéressent peu aux filles rondes. Je le sais bien. Ici comme à la campagne, c'est une règle universelle. On les invite rarement au party, le samedi soir. Personne ne les réclame, comme un colis oublié à la poste. Une fois de plus, Esther retourne ma question :

– Avec Jérémie, ça flotte toujours ?

Vu les circonstances, je choisis mes mots :

– Ça va bien mais être en amour ne m'empêche pas de vivre. J'abandonne pas pour autant la musique ni la natation.

– Tu fais bien. Depuis que Martin a laissé la Gallant, c'est pas beau à voir. Tu sais comment je la haïssais, elle. Mais là, elle commence à me faire pitié. Elle mange plus. Une vraie anorexique. Vraiment l'amour, ça vaut pas le coup.

L'amour, une perte de temps ! Visiblement, Esther parle sans savoir. Elle ne sait pas ce que l'amour peut apporter dans une vie, elle ne sait pas ce que ça fait de sentir Jérémie dans son ventre. Cette impression ultime, cette sensation magique de ne plus être seule. Jamais seule ! L'amour, c'est plus grand que la vie. Comment lui dire cela sans déclarer la guerre ? Soudain, nos retrouvailles ressemblent à des montagnes russes. Encore mieux, on se croirait au milieu d'une partie de tennis où le joueur tente d'épuiser l'autre en frappant de petits coups sournois sur les lignes. À mon tour d'ignorer l'allusion. Heureusement, Esther se reprend et me demande une photo de Jérémie. Il obtient un huit sur dix ! Je suis heureuse. La tension se dissipe et, sans heurts, nous conversons jusqu'à une heure du matin. Malgré tout, en éteignant, je sais que je ne partagerai pas mon secret : je ne lui dirai pas avoir fait l'amour avec Jérémie. Pas que je craigne sa trahison, elle ne dirait rien, mais elle ne comprendrait pas. C'est clair maintenant. Et comme je ne veux pas négocier avec ses jugements, je préfère me taire. Même si ça me rend triste. Comme si, pour la première fois, j'envisageais qu'un jour, nous ne puissions plus être amies. Esther est ailleurs, elle n'a pas quitté le village. Elle passe toujours ses soirées à la salle de quilles. À tuer le temps, tuer l'ennui, comme les éleveurs font un carnage l'automne venu. Sans vouloir être prétentieuse, j'ai le sentiment d'avoir grandi plus qu'elle ne l'a fait. Je ferme les yeux.

À mon réveil, un paquet enveloppé de papier mauve me fait regretter mes conclusions de la veille.

– Bonne fête, Marilou !

J'en ai les larmes aux yeux.

– Franchement, c'était pas nécessaire !

– Tu penses que j'allais venir à ta fête sans cadeau ?

Esther est mon amie, je devrais chérir sa générosité plutôt que de chercher ses faiblesses.

– Tu l'ouvres pas ?

– Ce serait peut-être mieux d'attendre le souper. Marie-Paule m'a acheté un gâteau.

Pour apaiser ma curiosité, je secoue la boîte une dernière fois et lui dis de se préparer pour notre première journée ensemble. Le programme est chargé !

Du mât du Stade, la vue est à couper le souffle. Esther prend quelques clichés, puis nous quittons pour franchir les tourniquets du Biodôme. Esther est pâmée devant ces animaux en quasi-liberté dans leur climat naturel. À l'unanimité, nous décernons notre palme d'or aux pingouins. C'est mourant de les voir se dandiner avant de se jeter dans leur bassin. Une dame a la gentillesse de nous photographier devant leur aquarium et en profite pour nous féliciter pour nos chapeaux. Je lance un air satisfait et vengeur à mon amie. Ça m'a tout pris pour la convaincre de le porter, mais maintenant qu'on la complimente, peut-être acceptera-t-elle de le conserver si je le lui offre ?

– Je suis pas venue pour que tu me fasses des cadeaux !

– J'en ai quatre, Esther ! Puis si t'as aimé attirer l'attention avec ton plâtre, attends d'entendre les commères : « Tiens, la petite Tremblay qui se prend pour une autre ! Son voyage à la ville lui a monté SUR la tête ! »

L'argument est de taille ! Le regard de mon amie s'allume, elle finit par accepter mon offre.

En sortant de l'insectarium, trois heures ont filé à nos montres. Dans le métro, je demande à Esther si elle tient le coup et, devant son enthousiasme, nous débarquons à la station Saint-Laurent. Le soleil brille quand nous remontons à la surface. On dirait l'été des Indiens. Sans doute l'une des dernières belles journées avant l'arrivée définitive de l'hiver. Je suis heureuse de la partager avec Esther. Cette journée contraste tant avec la soirée de la veille. J'imagine l'avenir : Esther pourrait faire ses études collégiales ici. En habitant chez nous, ça ne lui coûterait pas plus cher que d'étudier à Québec. J'ai presque envie de lui en glisser un mot quand un Burger King attire son attention. Esther est affamée et suggère qu'on s'y arrête.

– J'ai une meilleure idée : le Montréal Pool Room. Puis c'est pas loin.

Lundi, après un entraînement à la piscine, Jérémie m'y a amenée. Je ne le dis pas à Esther mais c'est une façon secrète de me rapprocher de mon amoureux.

Au snack-bar, Esther n'est guère impressionnée par son chien chaud et trouve les frites « franchement » trop grasses. De son avis, c'est nettement moins bon que le casse-croûte de Saint-Joseph-de-la-Rive ! Je ne dis rien, je préfère la laisser jouer au critique culinaire en me remémorant Jérémie en train d'engouffrer ses trois hot dogs, la moutarde dégoulinant au bord de sa bouche. Je l'ai embrassé…

– Marilou Bergeron, tu m'écoutes ou pas ?

– Bien oui, mais je mange.

– Qu'est-ce que je disais ?

– Tu disais que…

Je pouffe de rire en m'excusant.

– Tu pensais à Jérémie ?

– Pas beaucoup.

Cette fois, les reproches ne fusent pas. Esther ne me laisse pas entendre que je suis devenue trop dépendante de mon chum. Elle se contente de sourire. J'ai peut-être sauté aux conclusions trop rapidement ? Peut-être devrais-je lui avouer mon secret, après tout ? Je jongle et rejongle avec cette question jusqu'au Vieux Port :

– L'hiver, Jérémie m'a dit qu'ils font une patinoire ici. Il veut m'amener. Il est super romantique quand il est tout seul avec moi.

L'allusion n'est pas aussi directe que je l'espérais, mais une porte est ouverte. Ne me reste plus qu'à attendre de voir si j'ai piqué sa curiosité. Esther regarde attentivement l'emplacement que je viens de lui indiquer.

– C'est pas beaucoup plus grand que la patinoire aux Éboulements.

Nouvelle déception. Tout ce que cette journée vient de construire se dissipe en fumée. Mine de rien, je retire mon bras du sien. À quoi ça servirait de lui dire qu'au-delà du square principal, la patinoire se poursuit à gauche ? Que c'est quarante ou cinquante fois plus grand que celle des Éboulements. Que ça peut être merveilleux de patiner avec son amoureux. Pourquoi est-ce qu'elle a besoin de tout minimiser, tout détruire comme si elle était incapable de respirer mon bonheur ?

Nous prenons le métro, crevées, sans rien ajouter. Je ne sais plus que penser. Esther repartira demain et je me demande si je continuerai à investir dans cette amitié. Je ne veux pas minimiser notre enfancc, mais je suis tentée de croire que ce temps est révolu. Nos trajets seront différents. Esther tire-t-elle les mêmes conclusions en ce moment ?

Après le souper, je déballe mes cadeaux. Mes adoptifs m'offrent un équipement de ski alpin. J'en ai le souffle coupé ! De beaux skis aux couleurs flamboyantes. C'est Jérémie qui va être content. C'est sous sa recommandation que j'en ai fait la demande. Marie-Paule et Antoine sont heureux de me voir aussi enthousiaste. Le cadeau d'Esther est plus modeste mais tout aussi bouleversant. Elle m'a tricoté un chandail dans des tons de vert et marine. Elle m'indique fièrement l'étiquette finement cousue à l'intérieur : *made by Esther* !

– Maman m'a aidée mais j'en ai fait au moins 80 %.

Maille après maille, jour après jour, tout ce temps, elle pensait à moi. Et moi qui songeais à la sortir de ma vie ? J'ai honte. Peut-être notre amitié traverse-t-elle simplement une zone de turbulence, comme les couples en crise ? Peut-être les choses vont-elles s'arranger, revenir comme avant ?

Le lendemain, je porte fièrement mon chandail en allant reconduire Esther à la station d'autobus. Marie-Paule et Antoine l'invitent à revenir quand elle le voudra. Ni l'une ni l'autre ne faisons de promesses. Esther aussi repart la tête pleine de questions, je le vois bien.

– Fais attention à toi, Esther.

– Toi aussi.

Je l'embrasse sur la joue, la serre une dernière fois avant de la voir s'éloigner vers le quai d'embarquement.

Chapitre XII

PREMIER novembre. Comme une émission d'humour polluant quotidiennement les ondes, le ciel nous balance ses clous depuis des semaines. En ouvrant les yeux, j'ai presque envie de vomir en entendant la pluie ricocher à ma fenêtre. Sur les trottoirs, c'est la parade des visages blêmes, des mines déconfites, des corps tendus, des parapluies pliant sous la force du vent. Les esprits positifs prétendent que ce serait pire s'il neigeait, mais j'en doute en me regardant dans la glace : ma peau est laiteuse, rugueuse, mes cheveux manquent d'éclat. Je n'ai plus d'énergie, mon cœur est une orange sans soleil. Pour tout dire, ça sent la mort à plein nez ! Mais la planète s'en fout, ça ne l'empêche pas de tourner.

Ça ne va guère mieux en musique. Maurice trouve que j'y mets moins d'intensité : je plafonne !

Si je continue sur cette voie, il remettra en question le solo qu'il m'a attribué pour le spectacle de Noël. Le pire, c'est que je ne mets aucune énergie à le faire changer d'avis. Il baissera ma note, voilà tout ! Au diable ma carrière de concertiste. Je ferai comme Manuel et terminerai mes jours à vendre des instruments dans une boutique. Il ne semblait pas si malheureux, après tout.

Dès la fin des classes, je marche rapidement jusqu'au métro pour me rendre au plateau Mont-Royal. Sachant de quoi le destin est capable, vaut mieux faire une heure de transport en commun pour protéger mon intimité, plutôt qu'un face à face avec Marie-Paule à la pharmacie du quartier.

Dans l'allée du Jean-Coutu, je secoue nerveusement mon imperméable. Huitième ou neuvième fois que je passe et repasse devant la section des tests de grossesse. Inutile d'en rajouter, je me suis déjà répété toutes les insultes. Avant de périr sous la guillotine comme Marie-Antoinette, reine de France ! je trouve le courage de prendre une boîte sur l'étagère.

Selon mes calculs, mon cycle menstruel a deux semaines de retard. Je n'en ai pas encore soufflé mot à Jérémie, mais je ne considère pas avoir menti puisqu'il ne m'a posé aucune question. Il est trop occupé à surveiller l'amélioration de ses chronos à la piscine. À trois jours de sa prochaine compétition, il s'entraîne sans relâche. Quant à moi, à moins de me doper aux stéroïdes, ma carrière de nageuse olympique est compromise à jamais ! Je ne compte plus les fausses raisons invoquées pour manquer mes entraînements : grippe, examens, tendinites. Je n'ai plus l'énergie ni le moral. Je ne parviens plus à endurer la sensation de mon corps fendant l'eau glacée à sept heures du matin ! C'est si brutal que j'ai l'impression de me déchirer en mille morceaux. Me déchirer...

Tout allait pourtant si bien depuis son retour de Toronto. Notre relation était le contraire de la vraie vie : pas un nuage ne pointait à l'horizon. Jérémie préférait même passer ses soirées avec moi plutôt que de retrouver ses amis. Non, si ce n'était de mon cycle menstruel qui traînait de la patte, j'aurais eu l'impression d'avoir gagné à la loto.

La caissière, une fille dans la trentaine aux mèches outrageusement blondes, me dévisage de la taille à la tête ! J'ai beau essayer de camoufler la fameuse boîte derrière du shampoing et un tube de gel pour les cheveux, son regard en dit long sur ce qu'elle pense de moi : « Une autre petite conne qui s'est faite avoir ! » Je devrais lui dire de se regarder dans le miroir et de retoucher son « Miss Clairol », mais devant Blondie, je ne suis rien de plus qu'un horrible comédon noir ! Ne lui reste plus qu'à me pincer entre ses doigts pour me faire disparaître ! Penaude, je prends la monnaie et quitte l'endroit en souhaitant n'y avoir jamais mis les pieds.

J'entre dans un café de la rue Saint-Denis et me commande un chocolat chaud. Trente minutes plus tard, je sirote encore mon breuvage, comme si j'espérais laisser une dernière chance à mes menstruations de se manifester. Devant l'absence de changement, ne me reste plus qu'à me rendre aux toilettes pour en avoir le cœur net. Je prends mon sac, referme la porte et verrouille deux fois plutôt qu'une.

En attendant les résultats, j'implore les Dieux de la Stérilité, renie ceux de la Fertilité. En vain. Mes pires craintes se confirment : un signe positif apparaît au bout de l'indicateur de plastique. Je suis enceinte. J'ai du mal à respirer, on dirait une crise d'asthme. Je ne suis pourtant pas asthmatique. Deuxième fois qu'un client cogne à la porte des toilettes.

– J'ai presque fini…

Pourquoi n'ai-je pas attendu le mois requis avant de faire l'amour ? Attendre deux semaines de plus ne m'aurait pas anéantie. Le pire était fait, j'avais vu le médecin, je prenais la pilule. POURQUOI ? Tout ça pour lui plaire, pour qu'il m'aime, qu'il n'arrête jamais de m'aimer ? Les yeux dans l'eau, je remets le bâton dans sa boîte et fais tout disparaître dans la poubelle. Si je pouvais en faire de même de cette grossesse.

Au téléphone avec Jérémie, je prétexte un examen de chimie pour annuler notre sortie prévue au cinéma.

– T'es rendue plate, Marilou, tu dis toujours non…

C'est vrai que je suis plate à mourir depuis qu'ont débuté mes inquiétudes. Je devrais peut-être céder pour ce soir, mais si je craque devant ses amis, ça ne fera qu'empirer les choses. Je suis à fleur de peau. Il voudra savoir ce que je cache. Non, ma chambre demeure le seul endroit où je suis en sécurité pour l'instant.

– En fin de semaine, j'ai rien. On va pouvoir se reprendre.

– C'est la compétition samedi.

– Je vais être là aussi.

En définitive, je lui soutire un « je t'aime » avant qu'il ne raccroche. Ça manquait de conviction mais, au moins, il ne m'a pas raccroché au nez. Je suis fatiguée. J'ai besoin de fermer les yeux, dormir, oublier. Je me laisse tomber sur mon lit. Mais le sommeil empire les choses. Mes cauchemars sont d'une telle violence : je suis accostée par un tueur en série, ou bien violée par toute l'équipe de natation ! Je préfère la réalité. Assise dans mon lit, je pense, pense et repense. Le temps s'écoule au compte-gouttes. Je vois la nuit se coucher, le jour se lever. La pluie n'a pas cessé.

Dans quelques minutes, l'alarme sonnera dans la chambre des parents. Je marche jusqu'aux toilettes et imagine la liquéfaction de mon fœtus dans la cuvette. Il n'y a que de l'urine, très jaune. Je me brosse les dents sans énergie, découragée par mon reflet dans la glace : je suis cernée jusqu'au nombril et des boutons bourgeonnent sur mon front ! Me maquiller ne changera rien à cet air apocalyptique. Je me traîne jusqu'à la cuisine et simule une quinte de toux dès que j'aperçois Marie-Paule.

– T'es déjà debout ? me demande-t-elle.

– Ouais, j'ai mal dormi. Je pense pas pouvoir aller à l'école. Encore la grippe.

– Deuxième fois en deux semaines, ce serait peut-être mieux d'aller voir un médecin ?

Pour qu'il m'examine et découvre mon secret ? Jamais ! On va me passer sur le corps avec un bulldozer avant. Je simule ma voix la plus nasillarde :

– Non, non, je vais me reposer comme il faut. Boire du jus.

Elle m'évalue quelques instants, j'affiche mon air le plus mature.

– Bon. Mais si demain ça va pas...

– Ça va aller mieux, inquiète-toi pas...

Je téléphone à Jérémie et prétexte une fièvre fulgurante. Il est plus doux, ça me rassure. Il veut même me visiter :

– Non, non. Je veux pas que t'attrapes la grippe avant ta compétition.

L'argument est de taille. Il y renonce. Il ne me reste qu'à attendre le départ des parents. Quel soulagement d'entendre le ronron du moteur de la voiture vers les huit heures. Enfin seule ! Je quitte mon lit et descends au premier. Au salon, j'empoigne la télécommande pour regarder la télé. Une annonce de tampons m'expédie presque aussitôt à l'Institut de Cardiologie pour un arrêt cardiaque ! J'éteins et me dirige nonchalamment vers la cuisine où je ne suis guère plus chanceuse : les couteaux accrochés au mur me font frissonner en pensant à un avortement. Suis-je en train de perdre la raison ? Je remonte à ma chambre au bord de l'épuisement. Je dois me fixer quelque part. Prendre la bonne décision...

Pour rompre le silence qui enveloppe la maison, j'opte pour le compact d'Alanis, mais en lettres noires sur fond rouge, le nom de Dalida attire mon attention. C'est le disque ayant appartenu à Linda. Je ne l'ai jamais écouté. J'étire mon bras pour en ouvrir le boîtier. Derrière une photo des plus « glamour » de la chanteuse, j'apprends son suicide en 1987. Dalida n'aimait pas sa vie. Combien de gens sont aux prises avec ce même mal ? Linda, non plus, n'aimait pas la sienne. Et moi ?

La voix chaude et dramatique de Dalida se colle à ma peau. Je n'ai rien entendu de plus déprimant que cet, *Avec le temps* mais, dans les circonstances, c'est le régime parfait, la nourriture dont j'ai besoin.

Le cœur quand ça bat plus, c'est pas la peine d'aller chercher plus loin, faut laisser faire et c'est très bien.

J'imagine Linda au bout de sa galerie, je l'entends fredonner ses chansons choisies au rythme de ses humeurs. Je l'imagine quinze ans plus tôt, le jour où elle a découvert sa grossesse. Qu'a-t-elle chanté ce jour-là du bout de sa galerie ? A-t-elle songé à un avortement ou savait-elle déjà qu'elle me garderait ? Comment a-t-elle trouvé le courage de me garder ?

Vers midi, les mouvements de Socrate me tirent du sommeil. Avec excitation, le golden rejoint Marie-Paule qui entre dans ma chambre.

– Dalida ! Je savais pas que c'était ton style ?

– Ah !... Maman l'écoutait souvent. Tu peux l'arrêter si tu veux, je me suis endormie...

Mon ton est détaché, comme s'il s'agissait d'un simple hasard. Marie-Paule s'assoit sur le bord du lit.

– Je savais pas que tu viendrais dîner ?

– Je voulais voir comment t'allais.

– C'était pas nécessaire. Je vais mieux. Demain, je vais pouvoir aller à l'école.

Marie-Paule flaire mon mensonge. Elle regarde autour, examine les murs à la recherche d'un signe, d'un indice qui lui révélerait ce que je cache. Je tousse de nouveau.

– Tu me parles plus souvent de ta mère, tu dois t'ennuyer ?

Son ton est sans reproche.

– Je m'ennuie, mais c'est surtout la grippe. J'en ai trop fait cet automne. L'école, la natation, l'harmonie.

– C'est vrai que t'es occupée.

Si les anges parlaient, c'est avec la voix de Marie-Paule qu'ils s'exprimeraient : une voix feutrée et douce. Elle sait comment me mettre en confiance. Je ne dois pas succomber. Je ne suis pas prête à tout lui déballer. Pas tant que je n'aurais pas pris ma décision.

– Avec Jérémie, ça va ?

– Oui. Super bien.

J'ai beau y mettre tout le paquet, je ne parviens pas à la rassurer totalement.

– C'est des idées que je me fais ou t'es plus distante avec moi ?

– Ah oui ? tu trouves ? Peut-être... mais c'est pas volontaire, je t'assure.

Menteuse ! Depuis que je fréquente Jérémie, je suis devenue étrangère. Je ne me confie plus, je ne joue plus de la flûte pour elle, je ne lui montre plus mes progrès avec fierté. Elle a raison. Marie-Paule ne me quitte pas des yeux. Je serre les lèvres. Je suis à un cheveu d'éclater, tout lui raconter, mais la peur me retient. Je dois m'éloigner de ce terrain vaseux, dangereux. J'ai trop peur de sa réaction. Elle doit cesser de me questionner.

– Je te dis que Socrate était content de passer la journée avec moi. Il est tellement fin. On a dormi. J'ai mangé de la soupe, ça m'a fait du bien.

Je souris à belles dents pour ériger un mur entre nous. Ça me désole, je me sens coupable de ne pouvoir la rassurer, mais je n'ai pas le choix. Marie-Paule rend les armes.

– Si t'as besoin de quelque chose, tu me fais signe ?

– Oui.

En la voyant sortir, je pousse un soupir de soulagement. Mon triomphe comporte cependant son lot de déceptions. J'ai de plus en plus mal au ventre. Je croise mes bras en expirant, mon mensonge est lourd à supporter. Si seulement je pouvais me confier à Esther, lui téléphoner pour me vider le cœur. Lui demander son avis. Je me sens si seule. Je dois faire quelque chose avant de perdre la raison.

Chapitre XIII

OUTREMONT frise le point de congélation quand je pointe le bout du nez à l'extérieur. Il ne neige pas encore, mais ça ne tardera plus : le ciel est chargé de nuages. Je prends soin d'enfiler un chandail supplémentaire avant de ressortir. D'un pas rapide, je marche jusqu'à la première cabine téléphonique.

Une deuxième sonnerie résonne dans l'écouteur du combiné. Je prie pour que ce ne soit pas leur boîte vocale. Quatrième sonnerie. Je suis sur le point de raccrocher quand quelqu'un décroche.

– Bonsoir, Camille s'il vous plaît ?

– C'est moi. Qui parle ?

– C'est Suzie Bergeron. Je sais pas si tu te rappelles de moi mais…

– Suzie ! Oui, oui, je te reconnais.

Je suis soulagée. Devoir lui rappeler qui j'étais aurait été des plus embarrassants.

– Patricia, c'est Suzie des Éboulements !

Elle crie mon nom dans toute la maison. Son enthousiasme est doublement rassurant.

– Tu parles d'une surprise ! T'es où ? à Montréal ?

– Oui.

– Qu'est-ce qui t'arrive de bon ?

Où commencer ? Quoi dire, ne pas dire ? Si elle accepte de me voir, j'élaborerai, mais en attendant, je vais droit au but.

– L'année dernière, tu m'avais dit de t'appeler si jamais il y avait quelque chose. Tu t'en rappelles ?

– Si je l'ai dit, je le pensais. Tu veux qu'on se voie ?

– J'aimerais ça, oui.

– Ce soir ?

– Je veux pas déranger. Vous avez Félix maintenant.

– On t'attend, Suzie.

Même si je n'ai pas vu Camille depuis un an, sa voix était si complice et chaleureuse. Oui, j'ai bien fait d'appeler. Des images surgissent aussitôt. De belles images, cette fois. Je revois ma rencontre avec Camille dans le bureau d'avocats. Je repense à la gentillesse avec laquelle elle m'a invitée chez elle. Le choc que j'ai eu de rencontrer son amoureuse, Patricia. Et comment elles m'ont supportée quand j'étais prête à abandonner la recherche de mes adoptifs. Comment elles m'ont soutenue sans jugement. C'est grâce à elles si je m'en suis sortie. À l'instant, mon seul regret est de ne pas les avoir appelées plus tôt.

Avant de quitter la cabine, j'insère une autre pièce de monnaie dans la fente du téléphone. Antoine répond. Je prétexte une répétition de dernière minute et annonce un retour vers les dix heures. Il ne pose pas de questions, c'est un soir de hockey à la télé. Je n'ai plus rien à craindre, la voie est libre. Chanceuse, j'attrape le prochain autobus et, une heure plus tard, je descends la rue des Érables pour sonner à leur porte.

Camille me serre très fort et m'invite à monter. Des jouets d'enfants traînent dans le salon. De la cuisine, Patricia s'excuse de ne pouvoir m'accueillir. Elle en a plein les mains avec le fiston ! Sur la table de cuisine, Félix gémit en remuant ses membres, comme s'il s'agissait d'une question de vie ou de mort. Patricia s'en amuse.

– C'est pas de la faute de maman si tu fais des gros cacas.

Ni de la sienne ! Sa réponse est catégorique ! Il hurle de plus belle.

Félix a beau se tortiller, jouer au dur, il semble si inoffensif. Ses mains, ses pieds sont si petits. Son pénis n'est pas plus gros que mon auriculaire. Difficile de croire qu'il deviendra un homme lui aussi. Je caresse sa main en espérant le calmer. J'imagine Jérémie au même âge. Et ce fœtus qui dort dans mon ventre. Qu'adviendra-t-il de lui ?

– Regarde, Félix, c'est ma tante Suzie.

Ça n'a aucune valeur légale, mais Patricia ne peut me recevoir de plus belle façon. J'ai le sentiment de les avoir quittées la veille, comme si je venais de retrouver deux grandes sœurs. Leur présence m'apaise. L'affection que je leur porte est inconditionnelle.

– T'as encore grandi, poursuit Patricia entre deux regards portés à son fils.

– J'ai un petit frère qui la trouverait pas mal belle ! ajoute ironiquement Camille.

– Arrêtez, vous allez me gêner…

Félix me vient en aide. Il n'est pas plus friand de son pyjama. Poings serrés, joues écarlates, il veut qu'on le prenne au sérieux : sa colère est épique. Dérangés par les cris, les chats Maurice et Sybile s'enfuient vers la chambre.

– Il perce ses dents. Ça peut être long avant qu'il s'endorme, déclare Patricia, visiblement désolée. Si vous vouliez parler tranquilles…

– On va aller aux Belles Sœurs, répond simplement Camille.

Je leur dis me sentir coupable de déranger leurs plans. Camille me rassure d'un clin d'œil, embrasse sa douce, et nous quittons sans plus tarder.

Les gouttes de pluie ressemblent à de la gélatine sortie trop rapidement du réfrigérateur. Le ciel sera blanc avant minuit. Un autre hiver. Le temps passe si vite. Je voudrais l'arrêter afin de mieux comprendre. Casser cette impression de toujours être en retard sur les événements, les choses de la vie. Je veux comprendre. Tout comprendre. Six semaines que je porte un fœtus. Pour la première fois, je compte les mois avant sa naissance. Si je le garde, il naîtra en juin. Et si c'était le jour de la mort de Linda ? Camille m'enlace en me voyant frissonner.

– T'as l'air toute sérieuse ?

J'ai du mal à sourire cette fois. Camille n'est pas surprise. Elle sait bien que je ne suis pas venue pour une simple visite de courtoisie.

Le café est plutôt désert en ce lundi. Camille salue le personnel et nous marchons jusqu'au fond du restaurant, loin des courants d'air et des quelques clients. La serveuse nous rejoint pour nous servir. J'accompagne Camille pour le premier espresso de ma vie !

– Faut toujours une première fois !

Elle n'a jamais si bien parlé. Mais avant de lui faire le récit de ma « première fois », je dois la mettre au parfum du reste, lui raconter les événements qui m'ont menée jusque-là. J'avale une première gorgée de café, ramène mes cheveux vers l'arrière et remonte dans le temps. Une autre fois...

Je ne sais pas si c'est l'effet du café mais, comme un fakir marchant sur un tapis de verre, ce retour en arrière est moins pénible, je ne ressens presque plus de douleur en parlant du cancer de Linda, de son décès. Comme si ce passé ne me hantait plus, comme s'il était définitivement derrière. C'est Camille qui semble la plus affectée par le décès de ma mère.

– C'est pas croyable, on avait presque le même âge. Je suis vraiment désolée...

Je la remercie mais l'assure que ma vie à Outremont se déroule bien, que je suis chanceuse malgré tout. Je relate avec détails mon déménagement, mon changement de prénom. J'essaie aussi de redorer mon blason en poussant, çà et là, quelques phrases à caractère plus philosophique.

– C'est fascinant, la vie. Tout ce que je sais aujourd'hui et que je ne savais pas hier. J'ai l'impression d'avoir grandi, d'avoir appris beaucoup de choses.

Je suis sur le point de lui annoncer une grossesse après tout. Je n'ai pas envie de passer pour une pauvre fille perdue, une pauvre inconsciente qui ne sait pas ce qu'elle fait.

J'impose un nouveau silence. Le moment est venu d'introduire Jérémie, mettre en place les derniers éléments pour la compréhension de mon histoire.

– Je l'aime vraiment, tu sais…

Camille ne cache pas sa joie et veut le voir en photo. J'en sors une de mon porte-monnaie.

– Il est pas laid. T'as du goût !

Sa remarque me gêne, comme si le fait qu'elle soit lesbienne lui enlevait de la crédibilité. Elle riposte avec tac :

– Je suis lesbienne, pas aveugle !

Nous rions. Ça me permet de me détendre avant de poursuivre.

– Je sais que je suis jeune, mais je pense que Jérémie, c'est le bon. En tout cas, je nous vois longtemps ensemble.

Me voilà en train de tourner autour. J'ai définitivement surestimé mes forces. Même si je suis en confiance avec Camille, le fakir en moi plie bagage et s'enfuit sur son tapis volant ! Mes mains trahissent ma nervosité. Je les essuie sur mes jeans, mais il est trop tard pour reculer. Camille attend la suite. J'inspire profondément et plonge : je l'amène avec moi dans la salle de musique, aux toilettes du café pour mon test de grossesse. Je lui raconte tout. J'en ai besoin. Ça me fait du bien. À mon soulagement, elle ne semble pas catastrophée, ni croire que c'est la fin du monde.

– Tu le sais depuis quand ?

– Je m'en doute depuis deux ou trois semaines, mais j'ai fait le test la semaine dernière.

Je pousse un soupir aussi puissant que les chutes du Niagara.

– Pauvre chouette…

Je ne veux pas qu'elle me prenne en pitié. Je ne suis pas venue pour cela.

– Ah ! mais c'est correct! Je vais faire ce qu'il faut. J'avais surtout besoin d'en parler à quelqu'un. T'es la première à qui j'en parle.

– C'est une belle marque de confiance envers moi.

Je n'avais pas imaginé les choses sous cet angle, mais sa délicatesse me touche. Je lui renvoie un sourire complice.

– Je vais faire ce qu'il faut, ça veut dire quoi ? me demande-t-elle d'une voix calme et posée.

– C'est ça, la grande question. Sur le coup, je voulais me faire avorter mais… plus j'y pense, plus je… c'est flou. Je sais plus.

Le long silence qui suit m'agace plus qu'il ne m'encourage. Comme s'il s'agissait d'un premier signe de désapprobation de la part de Camille. Je m'efforce de reprendre le contrôle de la situation :

– Je suis jeune, mais il y a des filles qui ont eu des enfants à mon âge.

– Ta mère ?

– Oui. Je pense beaucoup à elle dernièrement.

C'est de plus en plus difficile. Je ferme les yeux, serre les lèvres en massant mes tempes. J'ai mal à la tête.

– Prends ton temps.

Je laisse passer la vague avant de lui demander :

– Tu penses que je suis folle de vouloir le garder ?

– Pas du tout. T'as raison, des filles de ton âge ont eu des enfants. La question à te poser est de savoir si c'est le bon moment pour toi.

– C'est sûr que c'est non, je le sais. Si je pouvais revenir en arrière, je le ferais, mais ça marche pas comme ça.

Ma nervosité monte d'un cran. Pour la première fois, j'ai le sentiment que Camille tente de me piéger, de m'imposer son point de vue.

– Je sais qu'un bébé, ça change beaucoup de choses. Je le sais, je suis pas folle. Mais si tout ça arrivait pour une raison ?

Camille accuse ma réplique d'un air incrédule.

– C'est pas juste un accident ? Un ovule, un spermatozoïde ?

Elle me teste. Je dois conserver mon calme. Comment puis-je la convaincre d'être prête à enfanter si je me mets à crier ?

– Oui, dans ce sens-là, c'est un accident. Mais il y a toujours deux côtés à une médaille. Il y a un an, si je t'avais pas revue dans l'autobus, je serais encore aux Éboulements. Dans Charlevoix, j'aurais jamais rencontré Jérémie. Même chose pour Linda. Si elle avait avorté, je serais pas ici. C'est à ça que j'arrête pas de penser. Dans la vie, il y a toujours un si. Si c'était ma destinée ? D'avoir un enfant à quinze ans ? C'est pas impossible.

– Ah ! je vois…

Mon raisonnement ne semble pas l'impressionner. Moi qui m'étais pourtant félicitée d'être parvenue à une telle conclusion. Camille me regarde droit dans les yeux, sans sourire.

– Je suis vraiment la première à qui tu parles de tout ça ? me dit-elle sous le ton du reproche, comme s'il s'agissait d'une mise en accusation. Jérémie et tes parents le savent pas ?

– Je te l'ai dit. J'ai voulu leur en parler mais j'ai pas été capable.

– Pas capable ! Puis tu penses pouvoir élever un enfant ?

La dureté de son ton me déstabilise totalement. Je ne comprends plus. Je la voyais comme une alliée, je la croyais mon amie ! La décision que j'ai à prendre n'est pas assez difficile ? Pourquoi est-ce qu'elle se moque ainsi ? Me suis-je à ce point trompée sur son compte ? La voilà en train de révéler sa vraie nature ? Camille se fout de ce je pense, de ce que je veux. Elle est comme les autres adultes qui ne cherchent qu'à imposer leur vision. Elle ne veut pas comprendre. Personne ne peut comprendre.

– Tu me trouves dure, hein ?

Ce n'est pas parce que sa voix est plus douce que je vais lui pardonner sur-le-champ. Mon air est de glace.

– Marilou, je sais que t'as peur de leur réaction. Je suis pas insensible, je suis capable de comprendre. Mais avoir un enfant, ça demande du courage. Tellement de courage. Ça exige le meilleur de toi, en tout temps. Tu peux plus t'inquiéter de ce que les autres vont penser. Quel que soit ton âge, il y a plus d'excuses. Ton enfant a trop besoin de toi.

Elle fait une pause avant d'ajouter :

– Les gens vont te juger si tu choisis de le garder. Tout ce qui est différent fait peur. T'as pas fini d'en entendre des petites phrases empoisonnées : elle sait pas ce qu'elle fait, elle sait pas dans quoi elle s'embarque, elle a pas honte ? Vrai ou faux, c'est toujours blessant. Je t'assure. Es-tu prête à ça ?

Je regrette de m'être braquée comme je l'ai fait. Camille n'est pas contre moi, je le vois bien. Confuse, j'imagine les sarcasmes qu'elle et Patricia ont dû endurer en décidant de mettre un enfant au monde. J'imagine l'expression dégoûtée de certains passants en les voyant pousser le carrosse de Félix. J'anticipe la réaction des écoliers quand il annoncera qu'il n'a pas de père, mais deux mères à la maison. Certains refuseront-ils d'être son ami à cause de cela ? Et moi ? Comment négocierais-je avec tout cela ? En aurais-je le courage ?

– J'ai pas dit que je leur parlerais pas. Je vais leur parler, c'est sûr.

– Qu'est-ce que t'attends ? C'est pas un jeu.

La voilà qui recommence. Je veux lui crier son insensibilité, lui dire qu'elle a tort de me pousser comme elle le fait, lui dire qu'il me faut du temps, plus de temps, mais je ne réponds rien, je suis là, muette comme une tombe, soudée à ma chaise. Camille pose sa main sur la mienne. Je ferme les yeux. Elle a raison. Je le sais trop. Suis-je vraiment prête pour la suite ?

Chapitre XIV

LA CLOCHE annonce la fin des cours. Le miroir de la salle de musique me renvoie l'image de mon ventre plat. Je lève mon chandail, touche ma peau, cherche un signe, mais rien n'indique que Jérémie y a semé quelque chose. J'ai hésité avant de lui donner rendez-vous ici. Ça me semblait inapproprié, mais maintenant que je m'y trouve, je suis en paix avec cette décision. Une sorte de suite logique avec le destin. La porte s'ouvre. Je suis surprise qu'il s'amène sans son instrument.

– Tu veux pas répéter ?

– Tu voulais me parler, non ?

Son impatience ne devrait pas me surprendre. Trois semaines que ça dure, trois semaines que notre communication est presque nulle. Je devrais peut-être repousser l'annonce. Attendre que les choses s'améliorent ? Ce serait me mentir. Je sais bien que c'est mon secret qui nous a menés jusque-là.

– Oui, je voulais te parler.

Nerveuse, je craque mes doigts. Il me précède.

– Tu veux casser, j'imagine ?

Il semble si pressé d'en terminer. Je n'avais pas prévu le coup, sa question me scie en deux.

– Pourquoi tu dis ça ?

– Voyons Marilou ! tout le monde l'a remarqué ! Aussi bien en finir une fois pour toutes. On va casser, c'est pas la fin du monde.

C'est comme s'il ne désirait même pas en discuter. Il est en train de me sortir de sa vie sans que je ne puisse rien dire ?

– J'ai pas dit que je voulais casser, Jérémie.

– C'est quoi d'abord ? Tu viendras pas me dire que c'est le fun nous deux ? On se touche plus !

– C'est pas de ta faute. J'aurais dû te parler avant...

– Me parler de quoi ?

Son inquiétude est maintenant visible. Je m'assure que personne n'épie derrière la porte avant de lui annoncer, le plus sobrement possible, que je suis enceinte.

– C'est pour ça que j'étais distante. Pas parce que je t'aime plus.

Il grimace, incrédule, et s'empresse de me rappeler que je prenais la pilule. Deux fois plutôt qu'une.

– Tu m'as dit que tu la prenais !

– Oui, mais ça faisait pas assez longtemps.

Je baisse les yeux, couverte de honte. Difficile de ne pas reconnaître ma responsabilité. Il se lève pour me faire dos.

– Fuck !

Si je vais l'enlacer, il me reprochera de l'empêcher de respirer. Je ne ferai qu'empirer les choses. Je conserve le silence, laisse passer l'orage. Les secondes passent. Quand il se retourne, je m'en félicite, son visage est plus détendu, son ton plus calme.

– Tu l'as dit à personne ?

– Non.

– Écoute, je vais te trouver l'argent. Combien il faut pour un avortement ?

Il voit bien que ce n'est pas la réponse espérée.

– Marilou...

– Écoute... tu pourrais prendre le temps d'y penser.

– J'ai pas besoin d'y penser. Je rentre au collège l'année prochaine, il est pas question que j'aie un enfant.

– Tu m'aimes pas ?

– Ç'a rien à voir. Écoute, je sais que c'est pas le fun pour toi mais... c'est juste un mauvais moment à passer.

– Je m'excuse mais... j'ai décidé d'assumer.

– Assumer quoi ? crie-t-il. C'est un accident ! Il y a rien à assumer.

Pour lui tenir tête, je m'accroche aux paroles de Camille, à ce que je crois être ma vérité. Au courage qu'il me faut, qu'il me faudra pour mener cette grossesse à terme. Jérémie fait mine de se calmer mais il n'a qu'une chose en tête.

– Je t'ai demandé si tu prenais la pilule. Tu peux pas faire ça. Si tu m'aimes, fais ce que je te dis.

Devant mon entêtement, il donne un coup de pied sur la chaise qui se renverse.

– Dans ce cas-là, oublie-moi. Je t'avertis, je raterai pas ma vie pour une...

Il m'épargne la suite, mais je la devine.

– C'est pas moi le père. Tu m'entends ? C'est pas moi ! dit-il avant de claquer la porte.

Je tombe. Je dois m'accrocher, faire le vide. Mon ventre se fend en deux, comme la coque d'un navire en frappant l'iceberg ! Je refuse de bouger. Me mouvoir donne trop de poids à la réalité. Autour, c'est le précipice. Je ne veux pas tomber ! L'immobilité, c'est le statu quo. Le seul endroit tolérable pour l'instant. J'inspire pour chasser la douleur. Ou mieux, pour fuir dans un autre pays. Je serai étrangère, plus personne ne me blessera. J'expire. Je quitte mon corps, m'éloigne de l'école. Je vole. Au loin, j'entends de la musique. En m'approchant, je reconnais le son de la flûte : pur et apaisant. Je reconnais la musique de Manuel. C'est lui. Il joue pour moi. Une musique douce et pénétrante. Je l'écoute, j'en ai tant besoin. Je me sentais si forte, cette journée-là. Je le laisse jouer.

Je suis plus calme quand j'ouvre les yeux, moins désespérée. Comme si j'étais certaine du retour de Jérémie. Si ce n'est pas ce soir, il va me rappeler. Je le sens. Il ne peut pas me laisser comme ça. Il est simplement sous le choc. J'ai eu besoin de trois semaines pour me faire à l'idée. Il a besoin de temps lui aussi. Oui, il reviendra sur sa décision. Je l'attendrai.

Mais j'ai tort. Le lendemain, il met un point final à notre relation en embrassant Tania Delvecchio devant les casiers. Mon été avec Jérémie est bel et bien terminé. Il aura duré moins de trois mois, comme Linda l'avait prédit. J'ai honte de l'avoir aimé, honte d'avoir pensé qu'il comprendrait. Comment puis-je être si naïve ? Qu'il aille au diable ! Je vais m'en sortir. Je l'aurai, cet enfant. Je l'aimerai. Et quand il pleurera, je lui jouerai de la flûte. Ça l'apaisera. Je lui jouerai les plus beaux airs. Ceux de Manuel. Nous serons deux. Pour toujours.

Vendredi matin. Je feins de me rendre à l'école, mais je m'arrête plutôt dans un café en attendant le départ des parents. Vers les neuf heures, certaine qu'ils ont quitté, je regagne la maison. Dans ma chambre, j'écoute de la musique en noircissant des pages et des pages de mon journal. J'écris ma rage, ma peine, ma peur. Quand je le dépose, je suis épuisée, je ferme les yeux. La journée passe. Je ne meurs pas.

Samedi. Comme s'il faisait trop froid dans le reste de la maison, je demeure emmitouflée sous les couvertures jusqu'à midi. Je n'ai envie de voir personne. Je ne suis plus en harmonie avec le reste du monde. Je ne sais plus comment exister. La solitude me fait tant de bien. Mais ça ne durera pas, quelqu'un monte l'escalier, j'entends ses pas. On frappe à la porte.

– Je peux entrer ?

C'est la voix inquiète de Marie-Paule. Lui dire non ne ferait qu'empirer les choses.

– Oui.

– Encore au lit. Ça va pas ?

Malgré toute la tendresse et l'affection que je lui porte, malgré la délicatesse derrière son sourire, sa présence me donne la nausée. Elle est venue pour en avoir le cœur net. Je ne peux plus me cacher. Le temps est venu d'avouer. Je cherche les mots, mais ils ne viennent pas. Comment lui dire cela sans me perdre davantage ? Comment lui faire comprendre ma décision. J'ai beau chercher, je n'ai plus de force, plus la force de combattre. D'une voix sans émotion, qu'on dirait venue d'outre-tombe, je réponds d'un trait :

– En fait, non, ça va pas. Mon chum m'a laissée, j'ai de la peine puis je suis enceinte.

Pour la première fois, je suis parvenue à engorger le processeur de son ordinateur. Marie-Paule hoche la tête de gauche à droite, incrédule. Aucune riposte ne suit. J'y prends goût, à quoi bon m'arrêter sur cette note :

– J'ai décidé de le garder.

Elle a beau jouer la carte de l'amie indulgente, ses joues pourpres cachent mal son début de colère :

– T'es enceinte depuis combien de semaines ?

– J'ai pas le goût d'en discuter.

– Marilou...

Son ton se durcit.

– Que t'aies le goût ou pas, il faut en discuter. As-tu vraiment réfléchi ? T'as quinze ans...

– Je sais très bien quel âge j'ai.

– Tu fais exprès pour compliquer les choses ?

Elle ne se retient plus. Je me croirais plongée au milieu d'une discussion avec Linda.

– C'est toi qui compliques les choses. Je te dis que je veux le garder. T'essayes de me convaincre du contraire.

Elle n'en croit pas ses oreilles. Ironique, elle hausse le ton d'une octave :

– Mais… j'ai mes raisons, tu penses pas ?

– Je sais que c'est beaucoup vous demander, mais c'est comme ça. C'est arrivé, j'y peux rien.

Voyant qu'elle ne gagnera rien en m'attaquant de front, elle modifie sa stratégie et tente de jouer la compréhension :

– Écoute, t'as vécu beaucoup de choses depuis un an. Je vais prendre rendez-vous avec une psychologue. On pourra même y aller ensemble.

– Mais je suis pas malade ! Pourquoi j'irais voir une psy ?

– Tu vas pouvoir parler, ça va te faire du bien.

– C'est toi qui as un problème. Arrête !

Cette fois, elle perd le contrôle. Furieuse, elle poursuit :

– Écoute-moi bien, ma petite fille. Depuis que t'es arrivée ici, on a tout fait pour te rendre la vie plus facile, on a tout fait : le ski, la musique, je t'ai laissée libre, je t'ai fait confiance. Confiance ! Mais une grossesse, c'est hors de question ! Tu m'entends ?

Au tour des menaces ! Je savais qu'il y aurait un prix à payer pour leur acte de bravoure, leur fausse générosité. Bientôt, ce sera elle la victime. Les adultes sont comme ça : ils ne peuvent s'empêcher de tout ramener à eux. Préférant oublier qu'ils ont eu notre âge, eux aussi.

– Que tu sois d'accord ou pas, c'est moi qui décide, c'est ma vie.

Ses rides sont en état d'urgence, elle ne cache plus son mépris.

– Ta vie ? Si tu continues comme ça, t'es bien partie pour la rater.

Furieuse, j'enfile mon jean, un t-shirt et cours vers la sortie.

– Suzie Bergeron !

Cette fois, elle va trop loin ! Quand je ne suis pas à la hauteur, elle se distancie et me rappelle mes origines ? J'ai envie de lui cracher au visage. Elle a beau se reprendre en m'appelant Marilou, le mal est fait. Je la déteste !

– Laisse-moi tranquille, OK ? Je suis capable de me débrouiller. J'ai besoin de personne. PERSONNE !

Alerté par nos cris, Antoine s'amène à bout de souffle.

– Pouvez-vous me dire ce qui se passe, pour l'amour ? On vous entend du sous-sol.

Je suis déjà loin, elle lui expliquera, elle. Qui sait tout. Qui a toujours les bonnes paroles. Je dévale l'escalier quatre à quatre, cours jusqu'au vestibule, enfile mes bottes, décroche mon manteau et quitte cette maison où je n'aurais jamais dû mettre les pieds.

Je ne sais combien de temps j'erre dans la ville, mais comme un chien guidé par son instinct, je me retrouve devant l'appartement de Camille sur la rue des Érables. Je sonne deux grands coups pour marquer mon désarroi. Camille ouvre, attristée de me trouver dans cet état. Patricia se joint à nous. Et je leur raconte tout. Même le Suzie Bergeron échappé des lèvres de Marie-Paule comme un plomb tiré par accident. Elles ne prennent ni ma défense, pas plus qu'elles ne tentent de l'excuser. Elles m'écoutent simplement. Il n'y a rien à ajouter, elles le savent.

– Je suis tannée de subir ! Tannée !

Mon cri réveille Félix. Je me confonds en excuses. Patricia me rassure et va le rejoindre.

Camille me demande ce qu'elle peut faire. Je cherche un instant mais ne trouve rien d'autre que cette plainte :

– Pourquoi c'est si difficile à comprendre ce que je veux ? Hein ?

J'inspire difficilement avant d'ajouter :

– Si Linda était là, aussi. Elle me comprendrait, elle. Si au moins, je pouvais lui parler…

Je refoule mes larmes.

– Je suis fatiguée de me battre, tu peux pas savoir. Je sais plus quoi faire. Je suis tout le temps mêlée. Je suis en train de devenir folle. Faut que ça arrête !

Je me lève brusquement pour chasser l'émotion qui m'assaille de nouveau. Camille se montre désolée.

– Pourquoi tu vas pas t'étendre dans la chambre ? Ça va te faire du bien. Dormir un peu.

Je commence par refuser mais, à défaut d'une meilleure idée, je m'y résigne. Étendue, je repense à ma scène avec Marie-Paule. J'imagine la réaction d'Antoine maintenant qu'il connaît mon état. Mon retour sera infernal. Quoi faire maintenant ? Camille et Patricia ont beau m'apporter tout le réconfort possible, je me sens perdue, seule au monde. Ne me reste plus qu'à essayer de dormir.

Quand j'ouvre les yeux, deux heures plus tard, Patricia fait manger son fils sur sa chaise haute. En voyant la cuiller s'approcher de sa bouche, Félix fait de grands mouvements avec ses bras pour marquer son excitation, comme s'il essayait de s'envoler. Il n'aime pas les couches mais adore la compote aux bananes ! Il parvient à me soutirer un sourire. L'air sérieux de Camille me rappelle ma réalité :

– Qu'est-ce qu'il y a ?

– Viens t'asseoir, me dit-elle en m'invitant à la rejoindre au salon.

Il est facile de conclure qu'elle et Patricia ont comploté durant mon sommeil. Je crains d'apercevoir Marie-Paule sur le divan. Heureusement, ce drame m'est épargné. Mon soulagement est temporaire cependant. Si elles aussi se liguent contre moi, je ne donne plus cher de ma peau. Je décide de prendre les devants.

– Camille, tu m'as pas dit ce que tu ferais à ma place ? Tu trouves que je fais une erreur ?

– C'est pas à moi de répondre, Marilou,

– Mais t'as une idée quand même ? C'est sûr que t'as une idée.

– T'es bien placée pour savoir qu'il y a autant d'idées que de personnes.

Je suis déçue. Au point où j'en suis, j'étais prête à l'écouter, faire ce qu'elle m'aurait dit. Je me sens abandonnée une fois de plus.

– Tu me fais confiance, Marilou ?

Je lève doucement la tête, intriguée.

– J'ai une proposition à te faire, mais avant j'ai besoin d'avoir toute ta confiance.

Accorder ma confiance ? N'est-ce pas ce qui m'a menée à ma perte ? Croire en l'autre, de toutes mes forces, de tout mon cœur ? Linda m'avait dit de ne pas m'inquiéter en m'annonçant son cancer, elle m'avait juré qu'elle s'en sortirait. Esther aussi m'avait juré son amitié inconditionnelle, Jérémie, de m'aimer. Ils m'ont tous trahie. Marie-Paule vient de s'ajouter à la longue liste de mes détracteurs. Et c'est sans doute une question de temps avant qu'Antoine n'échoue à son tour. Pourquoi les choses seraient-elles différentes avec Camille ? Pourquoi me jeter dans le vide une autre fois ? N'ai-je pas assez souffert ? N'apprendrai-je jamais de mes erreurs ? Je devrais remercier Camille pour ce qu'elle a fait et m'en aller. Simplement. Je verrai bien ce que je ferai par la suite. Mais son visage est brûlant de sincérité. J'ai envie de la croire. Bon, ce sera la dernière fois. Si j'échoue avec elle, je ne laisserai plus personne s'approcher. Je demeurerai recluse comme la religieuse dans son cloître ! La seule façon de ne plus souffrir.

– Oui, je te fais confiance.

– J'ai besoin que tu me promettes. J'ai besoin de t'entendre.

Elle attend beaucoup de moi, je le devine à son ton. La barre est haute. J'hésite de nouveau, tentée de lui demander des explications mais, la connaissant, ce serait bien mal commencer. Si j'accepte, je dois plonger. Oui ou non.

– Oui, je te le promets.

– Habille-toi.

Je marche docilement vers l'entrée. Dans la cuisine, je la vois embrasser Patricia et l'entends lui dire de ne pas s'inquiéter. Où est-ce qu'elle m'amène, pour l'amour ? Qu'ont-elles comploté pendant mon sommeil ? Camille ne ferait pas tout cela pour me ramener bêtement à Outremont ? Non, pas Camille. Pas elle. Elle vient me rejoindre et s'habille à son tour. Nous quittons l'appartement dans le mystère le plus total.

Dix minutes plus tard, la petite Tercel traverse le pont Jacques-Cartier. Je suis soulagée de m'éloigner d'Outremont. Le soleil s'est endormi pour la nuit. Les phares des voitures dansent devant nous comme des étoiles filantes. Des pensées folles m'assaillent : peut-être Camille va-t-elle s'arrêter, se ranger au bord du pont et me demander de sauter ? La meilleure façon d'en finir avec cette histoire. Il en faut, de la confiance, pour se jeter du haut d'un pont ! Ça me fait sourire.

– Inquiète-toi pas pour les Bertrand. J'ai demandé à Patricia de les aviser.

Ce sont ses premières paroles depuis notre départ. L'envie de la questionner me reprend mais, rassurée de ne pas finir au fond du fleuve, je continue à jouer le jeu. La radio crache les succès de la semaine. Derrière nous, Montréal brille dans toute sa splendeur.

Une heure plus tard, en filant sur l'autoroute Jean Lesage, je crois deviner où elle me conduit, mais à quoi bon recommencer à me tourmenter ? Quand le temps sera venu, elle finira bien par se dévoiler. Une heure de plus ou de moins. Je la laisse chantonner en paix. Nous faisons un arrêt de cinq minutes à la halte routière pour « nos besoins naturels ». En repartant, quelques flocons bravent le ciel.

À Québec, de nouvelles possibilités s'ouvrent à nous. C'est en voyant la signalisation indiquant Sainte-Anne-de-Beaupré que se confirment mes doutes : nous roulons vers mon village natal, les Éboulements. Sans doute pour discuter avec Solange. Peut-être lui a-t-elle téléphoné pendant mon sommeil ? Patricia est policière, avec ses contacts, la chose est fort possible. Cette éventualité me déçoit toutefois. Avec tant de mystère, j'espérais mieux comme idée. Je prédis déjà la scène : Solange mourra de honte en apprenant ma grossesse, mais elle conviendra de me garder avec elle. Peut-être vaut-il mieux revenir sur ma promesse ?

– Camille…

– Quoi ?

Elle va s'objecter, me rappeler mon engagement. J'hésite. Je n'ai tout simplement plus d'énergie pour la bataille.

– Non, rien…

En définitive, elle peut me conduire où elle veut. Tout m'est égal. Je n'habite plus mon corps. La voiture file dans la nuit.

À Baie-Saint-Paul, la Tercel rouge s'immobilise au feu de circulation. Camille se tourne vers moi. Elle sait que je sais, maintenant. L'impatience me gagne.

– Tu connais le chemin ?

– Je suis les indications…

Je ne tire rien de plus. Un sourire complice et la voilà qui appuie sur l'accélérateur. À moins qu'elle me conduise chez Esther ? Pour faire quoi ?

Il neige de plus en plus fort. C'est toujours la règle dans Charlevoix : l'hiver est plus éprouvant que celui de Montréal. Nous montons la montagne. En face, l'Ile-aux-Coudres est isolée au milieu du fleuve Saint-Laurent. En un instant, je me revois dans l'autobus scolaire, assise aux côtés d'Esther. Combien de fois me suis-je imaginée traverser la distance à la nage ? Même si c'était de la folie à cause des courants et de l'eau glaciale. J'y croyais, chaque fois ! J'aurais été la première à réussir l'exploit, la meilleure. Me revoilà, des années plus tard : quinze ans, enceinte, aussi perdue que cette île qui disparaîtra bientôt derrière un mur de neige.

Nous ne sommes plus qu'à deux kilomètres du village. Camille ne tardera plus à me questionner. Je lui indiquerai la demeure de Solange ou celle des Tremblay. Ou quoi encore ? Je fais le décompte. Nous montons la dernière côte. Le village apparaît. Ce long chemin sinueux couché au pied des montagnes. Dans mon ventre, mes lutteurs de sumo se remettent à l'entraînement.

Camille est habile. Elle ne commet pas l'erreur habituelle des touristes qui appuient constamment sur les freins en descendant la côte. Elle se laisse rouler, calmement, sans fausse manœuvre. Un panneau de signalisation annonce le commencement du village. Aucune question ne trouble le silence. Les pneus mordent la route enneigée. Je reconnais les maisons. Certaines sont déjà décorées pour Noël. Des lumières rouges, vertes, bleues. Et... voilà mon ancienne demeure. Je prends soin de ne pas me trahir, je ne vais pas me jeter dans la gueule du loup. Si Camille ne me demande rien, je ne dirai rien. La maison est dans le noir. Ce qu'il doit faire froid à l'intérieur ! Une pancarte annonce sa mise en vente. Camille ne s'arrête pas. Mes lutteurs font une pause.

À l'église, elle signale à gauche et la voiture avance lentement dans le stationnement. Camille n'éteint pas le moteur pourtant, il est clair que c'est notre destination. À tout le moins, une première. Ma déception est évidente. Camille ne s'en soucie pas. La voiture fait face au Nord, le moteur ronronne, les phares éclairent le cimetière. Quelques pierres tombales sont visibles.

– C'est ici que ta mère a été enterrée ?

– Oui.

Camille regarde fixement devant elle. Son silence est insupportable.

– Tu voulais voir ta mère...

Elle m'indique le cimetière de la main. Je pince mes lèvres, offusquée, prête à attaquer.

– Je trouve pas ça drôle, Camille.

– Tu penses que je viens de me taper quatre heures de route pour le plaisir ?

Son ton est sans appel. Je roule des yeux pour marquer mon impatience :

– Je vois pas ce qu'on est venues faire ici.

– Ta mère t'attend, Marilou.

Je me redresse sur le banc, fais de grands mouvements avec mes mains pour souligner le ridicule de la situation. Je ne cache plus mon mépris.

– Tu me niaises ou quoi ?

– Non.

Sa voix est calme, posée.

– Vous avez des choses à vous dire.

– J'ai vraiment pas le goût de niaiser, Camille. On s'en va !

Sans broncher, elle me rappelle ma promesse.

– J'ai promis, mais ce que tu me demandes a pas de sens.

– Cet après-midi, tu m'as dit que tu voulais la voir…

– MAIS ELLE EST MORTE ! Tu sais très bien qu'elle est morte.

– Vraiment ?

– Arrête, OK !

Elle commence à me faire peur, j'en ai des sueurs dans le dos. Pour la première fois, j'ai le sentiment que Camille n'a plus toute sa tête. Elle se tourne vers l'arrière, fouille dans son sac et me tend une lampe de poche.

– Tiens…

– J'en veux pas !

– Comme tu veux.

De mon air le plus frondeur, j'ajoute :

– Je connais du monde au village, je vais aller les voir. C'est pas plus compliqué que ça.

Elle fait mine de ne pas m'entendre et continue à regarder droit devant. J'enrage !

– On parle pas aux morts. Ça se peut pas !

– Et si c'est la mort qui n'existait pas ?

C'est la chose la plus ridicule qu'il m'ait été donné d'entendre. J'ai vu Linda mourir ! Je l'ai vue s'éteindre à petit feu. Je l'ai vue dans son cercueil ! Comment peut-elle me lancer une telle absurdité ? Mon existence est un cauchemar depuis que la mort est entrée dans ma vie. Comme si ce n'était pas encore assez, Miss « vaudou » en rajoute :

– Qu'est-ce tu lui dirais si elle était là ?

Avant de la frapper, j'enfile mon manteau et sors.

– Je t'attends, me dit-elle le plus calmement du monde avant que je ne referme la portière.

Tu vas m'attendre longtemps, idiote ! Parler aux morts ! Je vais lui montrer qu'on ne se moque plus de moi. Je marche rapidement vers la rue Principale. Sans doute m'observe-t-elle par le rétroviseur. Bientôt, je ne serai plus dans son champ de vision. Elle abdiquera, criera mon nom pour me faire revenir. Mais rien ne se produit, pas de signe de Camille. À ce rythme, je serai à la salle de quilles en moins de cinq minutes. Et si Esther s'y trouvait ? Que répondrais-je ? Une folle m'attend dans la cour d'église et veut que j'aille parler aux morts ! Je maudis Camille, l'afflige de tous les noms. Pourquoi lui ai-je fait confiance ?

Du haut de la côte, j'aperçois les silhouettes de trois jeunes qui marchent dans ma direction. Sans doute me connaissent-ils. Confuse, je me retourne. Camille ne sortira pas. Je le vois bien. Les voix s'approchent. Redoutant un quelconque face à face, je rebrousse chemin. Si c'est la seule façon d'en finir, je vais lui donner ce qu'elle désire !

Par la fenêtre, Camille m'observe comme si elle n'avait pas douté un seul instant de mon retour. J'ouvre la portière et, dégoûtée, empoigne la lampe de poche. Sans un mot, je claque la portière. La situation revêt des airs encore plus ridicules quand j'allume la lampe et avance dans l'allée. Une chaîne fixée aux deux colonnes de pierres bloque le chemin. Je l'enjambe. En dépassant l'arrière de l'église, le vent siffle. La température chute aussitôt de quelques degrés. C'est le vent du nord, le plus froid. Je serre mon manteau et marche dans l'allée à grands pas. La rage me domine. Comme Camille n'a pas établi de limite de temps, je resterai deux minutes et reviendrai. Elle ne gagnera pas sur toute la ligne. Non !

La neige virevolte et m'aveugle. J'essuie mes yeux, glisse ma main sous mon nez pour essuyer la morve. Mon pied s'enfonce.

– Maudit !

La neige est de plus en plus abondante. Je suis encerclée de pierres tombales. Des centaines. Je ne vois plus rien. Apeurée, je me retourne et m'assure que « Judas » ne m'a pas abandonnée ! Les deux phares de la voiture sont toujours allumés. Elle m'observe. Elle est partout, comme un esprit ! Si je retourne maintenant, elle va me renvoyer, m'humilier. Je me remets en marche, tourne vers la droite, remonte le sentier. Il me faut avancer tout près du dernier caveau. C'est là qu'on a mis Linda en terre. Plus qu'une vingtaine de mètres. J'avance. Et tout se brouille dans mon esprit. Il neige mais je ne sens plus la neige, je n'ai plus froid, je ne sens plus rien. La neige qui tourbillonne ressemble aux longues traînes des robes, un soir de bal. Je ne suis plus seule. Le long de l'allée, il y a Solange, Esther, sa famille. Je reconnais le maire. Je m'enfonce une fois de plus dans la neige, mets un pas devant l'autre, sans broncher, comme si je marchais sur l'eau. Plus rien ne m'importe. J'obéis aux ordres. Je dirige ma lampe de poche vers la droite. Sur les épitaphes, je vois des noms, des dates. Je cherche celui de Linda. Le nom de ma mère : Linda Bergeron. Et je le vois. Son nom est gravé dans la pierre. Linda est sous mes pieds. Ses os reposent sous la neige, sous la terre. Je prononce son nom, d'une voix sourde.

– Linda…

J'échappe la lampe de poche sans la ramasser. Je n'en ai plus besoin. Je ne sais plus si mes yeux sont ouverts ou fermés. Ça m'est égal. J'oublie tout : le passé, le présent. J'oublie ce que je fais ici. Mes genoux fléchissent. Je tombe dans la neige. À genoux. Je l'implore de me parler. Une dernière fois… Et si Camille avait raison ? Si la mort n'existait pas ? Je touche la pierre. Je ne sais plus si nous sommes le jour ou la nuit, l'été ou l'hiver. C'est chaud. La pierre est brûlante. Ça ne peut être que l'été. Oui, c'est l'été. J'avance sur la rue Principale. Loin de l'école, loin des soucis. Il y a des roses saumon sur le parterre de Mme Tremblay. Le soleil me caresse la peau. Il fait si chaud. Mme Tremblay m'offre une rose. Je la hume en marchant, légère comme une plume. J'approche de la maison. Linda est assise au bout de la galerie et chante comme Dalida. Si belle. Ma mère… Je touche la pierre pour me rapprocher davantage.

– Maman…

Je lui offre la fleur. Linda la hume à son tour, va pour dire quelque chose mais l'image s'efface. L'hiver est de retour. Je m'y refuse, hurle ! Mes larmes brûlent la neige.

– Marilou…

Je ne la vois plus mais j'entends sa voix.

– Ma belle Marilou…

Et j'éclate :

– Pourquoi tu m'as laissée ? Tu m'avais promis que tu t'en sortirais. Pourquoi tu m'as laissée ? Maman ! Je ne sais plus quoi faire sans toi. Je ne sais plus comment regarder les jours. Je ne sais plus comment traverser les nuits. Je ne sais plus quoi faire, maman. Moi aussi, je suis enceinte. Dis-moi quoi faire ? J'ai pas ta force, moi. Je t'en supplie. Aide-moi. Aide-moi...

Elle est derrière moi, m'enlace. Ses mains courent dans mon dos, me cajolent. Je me laisse bercer comme une petite fille dans ses bras. Je pleure comme je n'ai jamais pleuré.

Quand j'ouvre les yeux, je suis à genoux dans la neige. Camille est agenouillée derrière moi, c'est elle qui me serre dans ses bras. Je me dégage doucement. Autour de nous, le vent hurle comme les loups. Je m'assois un instant. Plus calme. Camille ramasse la lampe de poche et m'éclaire le visage. Elle retire son gant pour essuyer mes larmes. Une à une. Elle frotte ma peau. Je ne fais rien pour la repousser. Puis, nous regardons la pierre tombale. En silence. Je ne pleure plus. Je souffle un baiser vers la pierre tombale. Un dernier baiser pour Linda.

Je vois les phares de la voiture. Camille marche à mes côtés. Il n'y a que le hurlement du vent et le bruit de nos pas dans la neige. Je trébuche, Camille me retient. Je ne lâche pas sa main.

La voiture s'éloigne. J'admire les maisons, mon ancienne demeure, le village. Il y a tant d'images dans ma tête, tant de nouvelles questions, de réponses. Tout ce que je ne savais pas encore. Tout ce que je découvrirais demain. Ne finirai-je jamais d'apprendre ?

Ce n'est qu'en voyant poindre le centre-ville de Québec que je romps le silence.

– Si jamais je décide de me faire avorter, tu viendrais avec moi ?

– Si c'est ça que tu veux, oui.

Camille n'insiste pas. Je n'ai pas encore décidé, je n'ai pas pris de décision définitive. En attendant, je souris en pensant à Linda. J'ai besoin de l'entendre. M'accrocher à ses paroles, me les répéter comme on raconte une histoire à son enfant pour l'endormir. Oui, je l'entends ! Je n'ai pas besoin de copier sa vie. Pas plus que je n'ai besoin de souffrir comme elle l'a fait pour mériter un peu de bonheur. Linda est en moi. Je suis son sang. Personne ne nous séparera. Jamais. Je n'ai qu'à vivre ma vie. Pas celle des autres. La mienne.

Il ne neige plus depuis une heure. Nous roulons vers Montréal. Le nez aplati contre la vitre, je regarde le ciel à la recherche d'une première étoile. Je fais un vœu en la voyant. Je n'ai toujours rien décidé concernant le sort de mon fœtus mais, quel que soit mon choix, je me fais cette promesse : elle sera belle, ma vie. Oui, elle sera…

Table des matières

Collection « Ado »

1. *Le Secret d'Anca*, roman, Michel Lavoie.
2. *La Maison douleur et autres histoires de peur*, nouvelles réunies par Claude Bolduc, avec Alain Bergeron, Joël Champetier, Michel Lavoie, Francine Pelletier et Daniel Sernine.
3. *La Clairière Bouchard*, roman, Claude Bolduc.
4. *Béquilles noires et Flamants roses*, roman, Micheline Gauvin.
5. *La Mission Einstein*, nouvelles, Sophie Martin et Annie Millette, Prix littéraire jeunesse Vents d'Ouest 1996.
6. *Vendredi, 18 heures...*, roman, Michel Lavoie.
7. *Le Maître des goules*, roman, Claude Bolduc.
8. *Le Poids du colis*, roman, Christian Martin.
9. *La Fille d'Arianne*, roman, Michel Lavoie.
10. *Masques*, nouvelles, Marie-Ève Lacasse, Prix littéraire jeunesse Vents d'Ouest 1997 ; Prix littéraire Le Droit 1998.
11. *La Lettre d'Anca*, roman, Michel Lavoie.
12. *Ah ! aimer...*, nouvelles, Claude Bolduc, Marie-Andrée Clermont, Dominique Giroux, Michel Lavoie, Robert Soulières.
13. *Dure, dure ma vie !*, roman, Skip Moën.
14. *La Liberté des loups*, roman, Richard Blaimert. Prix Cécile-Gagnon 1998.
15. *Toujours plus haut*, roman, Louis Gosselin.
16. *Le Destin d'Arianne*, roman, Michel Lavoie.
17. *Amélie et la brume*, roman, Jacques Plante.
18. *Laurie*, roman, Danièle Simpson.
19. *Frayeurs d'Halloween*, roman, Anne Prud'homme, Prix littéraire jeunesse Vents d'Ouest 1998.

20. *Amitié, dites-vous ?*, nouvelles réunies par Michel Lavoie, avec Francine Allard, Claude Bolduc et Linda Brousseau.
21. *Le Choix d'Anca*, roman, Michel Lavoie.
22. *Trafic au Mexique*, roman, Jacques Plante.
23. *Petites cruautés*, nouvelles réunies par Claude Bolduc, avec Michel Grenier, Sylvain Meunier, Jean Pettigrew et Guy Sirois.
24. *Deux petits ours au milieu de la tornade*, roman, Francine Allard.
25. *Tempête d'étoile et couleurs de lune*, roman, Louise-Michelle Sauriol.
26. *La Naissance de Marilou*, roman, Richard Blaimert.
27. *La Main de Sirconia*, roman, Claude Bolduc.

PAO : Éditions Vents d'Ouest (1993) inc., Hull
Impression : Imprimerie Gauvin ltée
Hull

Achevé d'imprimer en septembre
mil neuf cent quatre-vingt-dix-neuf

Imprimé au Canada

1. La liberté des loups.
2. La naissance de Marilou.